百部红色经典

无名高地有了名

老舍 著

北京联合出版公司
Beijing United Publishing Co.,Ltd.

图书在版编目（CIP）数据

无名高地有了名 / 老舍著 . -- 北京 : 北京联合出
版公司 , 2021.3
（百部红色经典）
ISBN 978-7-5596-4858-7

Ⅰ . ①无… Ⅱ . ①老… Ⅲ . ①报告文学—中国—当代
Ⅳ . ① I25

中国版本图书馆 CIP 数据核字 (2020) 第 261054 号

无名高地有了名

作　　者：老　舍
出 品 人：赵红仕
责任编辑：高霁月
封面设计：王　鑫

北京联合出版公司出版
（北京市西城区德外大街83号楼9层 100088）
北京新华先锋出版科技有限公司发行
北京雁林吉兆印刷有限公司印刷　新华书店经销
字数262千字　787毫米×1092毫米　1/16　14印张
2021年3月第1版　2021年3月第1次印刷
ISBN 978-7-5596-4858-7
定价：49.00元

出版前言

为庆祝中国共产党成立 100 周年，全面展现中国共产党成立以来中华民族辉煌的发展历程，取得的伟大成就和宝贵经验，集中体现中华民族的文化创造力和生命力，北京联合出版公司策划了"百部红色经典"系列丛书，希望以文学的形式唱响礼赞新中国、奋斗新时代的昂扬旋律。

本套丛书收录了近一百年来，描绘我国人民在中国共产党的领导下艰苦奋斗、开拓创新、改革开放的壮美画卷，充分展现我国社会全方位变革、反映社会现实和人民主体地位、弘扬社会主义核心价值观、讴歌中华民族伟大复兴中国梦的 100 部文学经典力作。

本套丛书汇集了知侠、梁晓声、老舍、李心田、李广田、王愿坚、马烽、赵树理、孙犁、冯志、杨朔、刘白羽、浩然、李劼人、高云览、邱勋、靳以、韩少功、周梅森、石钟山等近百位具有代表性的中国现当代著名作家。入选作品中，有国民革命时期探索革命道路的《革命的信仰》《中国向何处去》，有描写抗日战争的《铁道游击队》《敌后武工队》《风云初记》，有描绘解放战争历史画卷的《红嫂》《走向胜利》《新儿女英雄续传》，有展现新中国建设历程的《天山牧歌》《三里湾》《激情燃烧的岁月》，有寻找和重建民族文化自信的《年轮》《日夜书》，也有改革开放后反映中国社会现状、探索中国道路的《中国制造》《今夜有暴风雪》，同时还收录了展现革命英雄人物光辉事迹的《刘胡兰传》《焦裕禄》《雷锋日记》等。

本套丛书讲述了丰富多样的中国故事，塑造了一大批深入人心的中国形象，奏响了昂扬奋进的中国旋律。这些经历了时间检验的文学作品，在艺术表现形式、文学叙述方式和创作技巧等方面都具有开拓性和创造性，作品的质量、品位、风格、内涵等方面都具有很高的水准，都是有筋骨、有道德、有温度的优秀作品，很多作家的作品都曾荣获"五个一工程奖""茅盾文学奖""鲁迅文学奖""国家图书奖"等奖项。

为将该套丛书打造成为集思想性、艺术性、时代性为一体，展现新时代文学艺术发展新风貌的精品图书，北京联合出版公司成立了由出版界、文学艺术界的资深专家和学者组成的编辑委员会。他们从文学作品的历史价值、文学价值、学术价值、现实意义等维度对作品进行了深入细致的研读和筛选，吸收并借鉴了广大读者的意见与建议，对入选作品进行深入细致的分析与综合评定，努力将"百部红色经典"系列丛书打造成为政治性、思想性和艺术性和谐统一的优秀读物,向伟大的中国共产党成立 100 周年这一光荣的日子献礼！

目　录

无名高地有了名

1

短短的，只有二十八天的二月，还没来得及表现什么，就那么匆忙地过去了。

进了三月的门儿，冬与春开始有些一时还胜负难分的斗争：远处高峰上的积雪虽然未见减少，近山山脚下的既像涧溪又像小河的驿谷川却起了点变化：还冻着冰，可是每当晴明的晌午，河中就漾出水来，把冰上一冬的积尘与积雪冲洗开一些，显出些颜色不同的沟沟道道来。春的小出击部队，仿佛是，已突破严冬的一处防线，得到一点胜利。

这条流动在乱山间，没有什么名气，也不大体面的小河，给我们的战士带来说不完的麻烦和困难。小河的一举一动和任何变化都惹起战士们的，特别是后勤部队的密切注意。他们必须随时动脑子想出应付的办法来，而后冒着最大的危险，付出最大的体力劳动，忍受那常人绝不能忍受的痛苦，去执行那些自己想出来的办法。

难怪运输连的一位老班长常若桂，每每这么说："这条该死的河就是咱们的'绊马索'！"

虽然这么叨唠，每遇到较大的战斗的时节，常班长可没落过后，总是去要求最艰难的任务，争取立功。是的，这位三十多岁，腰短胸宽，脸扁脖粗，像块横宽的石碑那么结实的老班长并非怕这条"绊马索"，而是想早日消灭敌人，不再教敌人的炮火封锁着咱们的运输线。因此，每逢他在路上遇见电话员谭明超的时候，这一"老"一少必定说几句关于驿谷川的事。

小谭才十八岁。看样子，他并不怎么壮实：细条身子，相当地高；窄长秀气的脸还没有长成熟；特别像孩子的地方是在嘴上，不在左就在右，嘴角上老破裂着一小块，他常常用舌尖去舔一舔。看神气，他可绝不像个孩子。每逢炮弹或敌机从他的头上飞过，他总是傲慢地向上斜一斜眼，然后微笑一下——只有饱经世故的中年人才会这么微笑。"老子不怕！"他心里对炮弹或敌机这么说。

跟常班长一样，他永远不肯落后，哪里的任务最艰难，他要求到哪里去。现在，虽然没有大规模的战斗，他的任务仍然是极艰苦的；他担任驿谷川渡口的查线接线工作。敌人的炮火日夜封锁着这个渡口。空中的和水里的电线随时被炸断，他得去检查修理。他的瘦长的身子上已受过许多次伤。他不但知道电话是部队的耳目，而且保证使这耳目永远灵通。当他看到手上的、臂上的、腿肚子上的伤疤的时候，他会那么老练地一笑，心里说：现在虽然还不是英雄，这些伤疤却是能做英雄的根据。他是青年团员。

他心中的模范人物是每战必定立功的，在驿谷川东边的前沿阵地守备了一百多天，在二月初撤到河西去的一营营长，贺重耘。

像冲破坚冰的春水，青春的生命力量与愿望是源源而来，不受阻扼的。谭明超切盼有那么一天，打个大仗，他给贺营长当电话员。想想看，和英雄营长坐在一处，替营长传达一切命令，把敌人打得落花流水！抱着一部步行机，他不仅是部队的耳目，而且是一位百战百胜的英雄的喉舌！这有多么光荣！他的想象使他兴奋得要跳起来欢呼！

一个青年怎可以没有荣誉心和由争取荣誉而来的想象呢！谭明超真的遇见了他所敬仰的贺营长，当一营调到后面去调整的时候。他坚决地、清楚地向营长说出他的心愿，说出他正在练习掌握步行机。

说完，他以为营长也许像敷衍孩子似的敷衍他两句。营长是英雄，到过北京，见过毛主席啊！

哪知道，营长是那么诚恳、谦蔼、亲热，不但注意地听了他的话，而且详细地问了他的姓名、年岁、哪里的人和他的工作，并且鼓励他要在业务上努力学习。至于将来有没有机会带他到战场去，营长不能马上肯定，那要看作战时节，兵力怎样配合；团的通信连是有可能分配到营里去的。"好好地干吧！我记住你的名字！"

出自英雄之口的这些热情恳挚的鼓励，使这青年敬礼的手好像长在了眉旁，再也放不下来。

营长走了两步，又回头笑着说："我参军的时候比你还小两岁呢！"

这短短的一段情景中的每一个细节、一个微笑、一个眼神，都深深地印在这青年的心里，比任何图画的色彩都更鲜明、线条更细致。从这以后，每逢值班的时候，他不再用以前常进去的小隐蔽洞，而始终在河滩上，紧守着渡口的电话线。小洞子离渡口还有三十来米远，他不愿跑来跑去，耽误时间。干粮随身带着，渴了就嚼一块冰——他纳闷：为什么吃冰还压不住胃火，嘴角依旧烂着那么一小块儿呢！只在拾起不少炸断的碎线的时候，他才跑回小洞，储藏起来。他珍惜那些碎线，像战士们珍惜子弹那样。

黄昏以前，敌人向渡口发了几排炮，炮一出口，谭明超就听得出是哪一种炮和要往哪里打。炮到，他轻快地卧倒；炸过后，他马上接线。地上、冰上、空中（空炸），弹片乱飞，可是他好像会找弹片的缝隙，既能躲开危险，又能紧张地工作。

拾了些碎线，他往小洞那边跑，正遇上几位工兵来搭桥。渡口的木桥是天天黄昏后搭好，拂晓以前撤去，以免教敌人的炮火打烂。

工兵班的闻季爽是小谭的好友，彼此也是在渡口上由相识而互相敬爱起来的。他俩都是湘西人。不过，这倒无关紧要。更重要的倒是二人都年轻，都是团员。闻季爽上过小学，有点"文化"。这并没使小谭疏远他，虽然小谭家里很穷，也没读过书。闻季爽对业务学习非常积极，大家午睡的时候，他不肯睡，还用小木块做桥梁的模型。学习了三个月，他考了第一名。小谭佩服小闻的这股劲儿。心里的劲头儿一样才能是同志。

两个青年相遇，总要抓空儿手拉手地谈一会儿。季爽劝明超努力学习文化，明超劝季爽多锻炼身体："你的身体单薄点，再加把劲儿，练成个铁打的人！"

季爽没辜负党、团的培养和好友的鼓励。去年初冬，桥被冲断，木头流下去，教一堆碎石头拦住。他下了水，将要到零摄氏度的水，他一口气在水里泡了四十分钟，把木头全捞了上来。事后，他已人事不知，全身冻紫。一位炊事员把他背到暖炕上去，好久，他才苏醒过来。

后来，两位青年又见了面；小谭握住同志的手，半天没有说出话来。直到嘴唇停止了颤动，他才结结巴巴地说出："小闻！你，你行！我必须，必定向你学习！"

今天，季爽忙着去搭桥，只怒冲冲地说了一句话："小谭，什么时候总攻那边？"他向东指了指，"把我炸成八半也甘心！"说罢，就向渡口跑了去。

小谭没来得及回话，只好往小洞那边走，心里有些不高兴，没摸着跟好友扯几句。

刚到洞口，迎面来了常班长，背上背着一箱手榴弹。小谭把碎电线扔在洞里，一步跨到班长身旁："给我！班长！"

班长的脸扁，眼睛很长，眼珠子总得左右移动好几次才能定住。好容易定住眼珠，他又干又倔地问："干吗？"

"我替你背！老……同志！"小谭不忍看老班长还背着这么重的东西爬山过水。

"你有你的任务，我有我的任务，小家伙！"班长决定不肯放下背上的负担。

小谭知道班长的倔脾气，所以一方面敬重他，一方面又想调皮一下。"我替你背过去，你不是怕那条'绊马索'吗？"

老常火啦："我怕？我打仗的次数总比你认的字多！我愿早早地打一仗，歼灭敌人，不再受这条'绊马索'的气！我受够了！"

"我受够了气！"是战士们大家都想说的一句话。本来是嘛，驿谷川东边方圆十来里地都日夜被敌人监视着，我们的一举一动都被敌人看得清清楚楚的，枪炮随时向我们打来。白天，这里没有一个人影；夜晚，我们才能活动。我们不怕吃苦，我们可受不了这个气！

小谭虽然口中不说，心里却不能不承认老常的话一点也不错。前些天，他自己不是要求过贺营长带他去攻打敌人嘛，但是，新同志不甘心在老同志面前服软；再说，他深知道常班长心里喜爱他，跟"老头儿"扯扯皮也不算犯错误。"打就打，守就守，我全不怕！全得听！命令反正在这儿，敌人的炮一出口，我就知道它往哪里打！"

"敌人的炮没出口，我就知道！"班长的长眼睁得极大，鼻洼那溜儿显出点要笑的意思，欣赏着自己的俏皮与夸大。

青年的秀气的小长脸红起来。不行，斗嘴也斗不过这个老家伙。认输吧！他岔开了话："坐坐，班长！桥还没搭好呢。"

仍然背着箱子，班长坐在洞口外的一块大石头上。坐好，他把一双像老树根子，疙疙瘩瘩的手放在膝上。然后，右手用力地拍着膝盖，连说了三声："够呛！够呛！够呛！"一声比一声高。

连说这么三声，是班长发泄感情的办法。"够呛"是他的口头语，他立了功，"够呛"；他遇到很大的危险，也"够呛"。他十分高兴能说出那么俏皮的话来："炮没出口……"

"怎么一个人来了？"

"他们在后边呢。他们慌，我稳！"班长的话有时候就是这么简单难解的。若是说完全了，那就应当是："后面有好几个人呢。他们一出发就快走，走着走着就喘不过气来，都是山路啊。我呢，始终不慌不忙，所以倒走到前面来了。"

小谭不敢细问，省得班长反击："你连大白话都听不懂？"对了，常班长就是这么个人：不管吃多大的苦，只要在部队里他就高兴。要是听到一个胜利的消息啊，他就能连喊几十声"够呛"。虽然他的嘴又狠又硬，他可是能团结人。他并不去拍拍这个的肩膀，或隔着老远招呼招呼那个。他的团结方法是永远以身作则。他是共产党员。苦的他吃头一份，甜的他吃末一份。谁要是夸他好，他就顶谁："难道党员该不好吗？"可是，过一会儿，他会连说三声"够呛"；他知道自己的确是好，而且应当一天比一天好。

东边来了两个人，常班长知道桥必定已经搭好，慢慢地站起来。

"等等吧，他们还没来。"小谭还想跟班长多扯一会儿。

"我丢不了我的兵！你也别丢了你的电线！"班长说的是好话，可是不大好听。

"丢了我的脑袋，也丢不了电线！"小谭也还了句硬的，颇得意。

迎面来的是有名的上士唐万善，常班长认识；还有卫生员王均化，常班长不认识。矮个子，满面春风的上士也参军多年，跟常班长是老战友。常班长本想跟他说两句话，可只用右手大致地敬礼了一下，就走过去。原因：他不认识上士旁边的年轻人；对生人，不管是穿军衣的还是便衣的，他以为一过话就有走漏军事机密的可能！

小谭对刚来的两位都不认识，本想跑下去看看闻季爽。可是，上士先招呼了他。上士每天，据不正确的估计，一个人要说十个人的话。他的兴趣与才能是多方面的。他对管理伙食非常有办法。他刚刚由河东回来，把他办伙食的经验介绍给新换防上去的那些炊事班。在办伙食之外，他还能编写相当好的快板、山东快书和单弦。战士们满意他的伙食，也爱听他的曲艺。假若不是在坑道里，他还会教战士们在春节的时候要龙灯、踩高跷。现在，他正和王均化讨论怎样改进抢救伤员的方法，好减少伤员的痛苦。他上阵地抢救伤员已有过多少次。

看见小谭，上士马上放下抢救伤员的问题，兴趣转移到电话线上来："同志，今天又炸断了几处？"

小谭好像也学会了常班长那极端谨慎地保守秘密的态度，只笑了笑，没有回答什么。

王均化虽然很年轻，可是已经参加过战斗，不仅包扎过阵地上的伤员，而且用手榴弹打退过敌人的冲锋。因此，他以老战士自居，喜爱沉静严肃的新同志。他很爱小谭刚才的稳重劲儿。

这时候，被常班长落在后边的几位运输员都赶了上来。天色已十分黑暗。上士赶紧打招呼："都歇歇吧！要抽烟的可以到洞子里去。"他在任何环境都能很快地想出办法，把大家安排得妥妥当当。

大家不肯停下，怕过一会儿敌人打起照明弹，过桥麻烦。

上士叹了口气："真！咱们谁都受着这个月白紫花颜色的邪气！我愿意一下子把敌人全捶在那个山包里，一个不剩！"

这些话打到运输员、卫生员、电话员的心坎上，就是下边的工兵也必有同感。

大家一齐向东望了望。除了几颗大星，看不到什么。

他们想望见的就是敌人常常夸口的"监视上下浦坊的眼睛""汉城的大门""最坚固的阵地"的"老秃山"。我们管它叫作"上浦坊东无名高地"。

2

岂止战士们呢，连贺营长也有点不痛快——守备了三个多月，只打了些小的出击，没摸着痛痛快快地打个大仗！守备到两个多月的时候，他已经觉得对敌人阵地的地形，敌人使用火力的规律，都掌握了七八成；不敢说十成，他向来不自满自大——一位英雄的最难能可贵的品质。再加上自己的和战士们的勇敢，与求战的迫切，他相信一进攻就可以拿下"老秃山"来。战士们屡屡向他要求这个任务，他也向上级反映过意见。可是，全营撤下来整顿。

他首先想到：应当检查自己，自己一定还有许多缺点。自从十六岁参军，从战士做到班长、排长、连长、营长，他每战必定立功，可也永远不骄傲自满。他的荣誉心多么大，谦逊心也多么大。假若他把得到的纪念章和奖章都挂出来，可以挂满了胸前。但是他不肯挂出它们来。他要求人人不用看到奖章就信任他。当他参军的时候，他是带着四条枪去的。虽然每一条枪都是拼出性命得来的，他可是毫无表功的意思。他只为表示："我是真心真意来参军的！"那四支枪中，有一支是这么得到的：在祖国东北的一个城市里，马路上，他一刺刀结果了一个侵略东北的日本宪兵，抢起手枪就跑。那是在正午十二点，满街都是人啊！他才十六岁啊！假若由他自己述说这个故事，他会简单谦逊地说："相信我，我恨敌人！"

慢慢地，他由检查自己的缺欠转而想到：打不打"老秃山"，上级自有主张见解，哪能随随便便呢！山上不但有那么多地堡、火器，还有坦克呀！地堡配合坦克是个新办法，不先想好了打法能行吗？他笑了笑，笑自己的有勇无谋。"党和上级对你的要求是做个智勇双全的营长，不是光着膀子抡大斧子的李逵！对！"他这样微笑着告诉自己。

在刮脸的时候，他看到脸上是多么灰白，没有一点血色。"一气儿蹲三个月的前沿坑道，够呛！"看到自己，他马上就想到战士们。全营的每个战士都经常在他的心坎上。一冬天不见阳光，谁也受不了。应当换防！上级的决定是正确的！是的，没有命令撤下去，他和每个战士都不会说一声苦，都始终人不离枪、枪不离人，连睡觉的时候都抱着武器，以便"有了情况"，马上出战。可是，人不是铁打的。连坑道中的弹药不是还要随时搬出去过过风吗？坑道里有多么潮湿！

应该下去休整，而后再来打"老秃山"。那才能打得更漂亮、更顽强、更有把握！贺营长的心里安定下去，决定好好地去练兵，好好去检查一下全营，有什么缺欠，及早地补救。一位英雄是不会自高自大的。他是时时争取更多的荣誉，而不沉醉在过去的功劳里，以致前功尽弃的。

可是，他坚信假若去打"老秃山"，一定是由他领着去打。他承认自己有缺欠，可是也知道自己的价值。他不小看别人，可也知道自己的确有资格去担当艰巨的任务。

那么，就让我们看看"老秃山"到底是什么样子吧。

恐怕这座快到三百公尺[1]高的小山原来就不怎么美丽，可是它并不秃。据最初在这里打过仗的战士们讲：这里，正像山清水秀的朝鲜各处的山陵那样，也长着不少树木，山的东坡上树木特别多。这样，即使这小山的面目并不怎么俊秀，可是树木的随季节而改变的各种颜色与光彩还足以入画。自从来了美帝国主义的侵略军队，不但朝鲜的男女老幼，以及牛羊鸡犬，遭到了屠杀，连这座小山的树木也一扫而光；不但没有了树木，也没有一草一花。捧起山上的一把土来，说不定是土多，还是炮弹破片多！

于是，暴敌很得意地管它叫作"老秃山"。

---

[1] 公尺：旧时长度单位，1 公尺 =1 米。——编者注

这一带，四面都是高山，包括天德山和夜月山等——我们在一九五一年粉碎了敌人所谓的"秋季攻势"那些有名的山岭。在这些山间，这里有一道小溪，那里有一片平地，善良的朝鲜男女就穿着古朴的服装，在溪畔或平地上终年不息地劳动着。三五人家的小村，站在朝阳的地方或山坡上，时时有鸡的啼声，和黄牛母子相唤的低鸣。到溪边取水的少妇与艳装的姑娘们，一边取水一边低唱着世代相传的幽雅民歌，而后把黑釉儿水罐顶在头上，挺着脖儿，一手叉腰，一手轻摆，十分飘洒地走向有炊烟的地方去。这正像一位诗人所描绘的：

> 江山处处美，随地好为家，
> 江网四时鲤，山开五月花；
> 风香动翠柏，村暖映明霞，
> 日落歌声里，翩翩舞影斜。

可是，这些田园诗歌的具体资料已经像梦似的都不见了。正像"老秃山"那样，敌人已把这些图画般的山村，和那年年结满红苹果、大栗子的果树，一齐炸碎烧光。小溪还静静地流动，村庄已成为一片焦土。

没被炸死的男女老幼搬到山洞里去住，冒着炮火去拾柴割草、去耕种、去收割，支援着卫国战争。他们善良，也勇敢；温和，也顽强。他们是不可征服的人民。

同时，志愿军战士们一看到这些烧光的村庄与水田中的弹坑，就更坚决地陷阵冲锋。天德山和夜月山上扔着多少侵略者的钢盔与骷髅啊！

就像包心菜似的，四面的高山里包着一团儿小山。有这些个山丘的地点，名叫上浦坊和下浦坊。这块儿就是我们在这一带的第一线阵地。我们据守的山梁子是东西的，西边的山脚几乎插到驿谷川里。过河往西还是山，是我们的第二线。我们的第一线阵地地形不好，背水作战。要不怎么常若桂班长管驿谷川叫作"绊马索"呢。这条小河使我们的部队运动与物资运输，都遇到很大的困难。"老秃山"上的五〇重机枪，且不提别的火器，日夜盯住小河的渡口。"老秃山"本身并不高大，可是比这里的一群山丘都高出一头，控制着我们河东的全面阵地。

我们据守的山梁不是东西的吗，"老秃山"偏偏是南北的。我们最东边的山脚正登在敌人阵地的山肚子上！两边前沿阵地的距离只有二百多米！这边有人咳嗽，那边听得真真的。敌人每一露头，我们就给他一冷枪！

贺营长时常在夜间去侦察地形。他由我们的东边那只山脚上去——两旁既需多走路，又容易踩上地雷。由敌人的山肚子他摸到山胸。山胸上是铁丝网，有的地方七道，有的地方十一道；最宽的有四十多米。铁丝网好像变形的圣诞树，上边挂着许多东西——照明弹、炸弹、燃烧弹和汽油瓶，一碰就亮、就炸、就燃烧。营长轻轻地一直摸到铁丝网的跟前，大气不出地观测，摸清楚了地形，看清楚了所能看到的地堡，等等。

他的头上是"老秃山"的主峰。

为说着方便，我们就管主峰叫作"二十六"号吧。往北，是一条山腿子，直伸入平阔地带；这就算"二十七"号。往南，由主峰往下有个山洼子；过去，山又高起来，很陡；最后有个山头，不大，可差不多有主峰那么高；这是"二十五"号。由"二十五"号到"二十七"号一共不过有一千多米。假若画个平面的地图，山形就颇像一把镰刀："二十七"号是刀头，"二十六"号是刀背，"二十五"号是刀把儿。

铁丝网里面是壕沟和大小不等、构造不同的地堡，还有既能固定又能移动的地堡——坦克七八辆。由贺营长的和别方面的各种观测，可以断定：这一千多米长的小山上总有二百来个地堡！由这个数目再推断，山上至少有六十挺重机关枪，且不说别的火器。单是这六十挺家伙的交叉火力若是一齐发射出来，恐怕就是一只矫健的小燕也飞不过去！

朝着我们这一面的山坡都很陡。

山的另一面呢？贺营长后来在攻下主峰以后才看到。和山前正相反，山背的坡度不大，很容易跑上去。敌人修了道路，直达山顶，汽车和坦克都可以来往。山坡与山脚有兵营、隐蔽部、饭厅和仓库，都有小地堡保护着。

下了东面山坡，是一脉开阔地，有公路通到前沿阵地，也通到汉城与开城。越过这宽阔地带，又有些相当高的山，是敌人的纵深阵地。这些山上都有炮群，随时支援"老秃山"。这样，"老秃山"便是敌人主要阵地的屏障。

这就很容易理解了，为什么这座秃山是军事上必争之地。它在敌人手里，我们就受控制，十来里地里我们不敢抬头。而且，敌人可以随时下来夺取我们的阵地。反之，它若在我们手里，我们就控制了敌人，像一把尖刀刺入他们的心脏。

至于驿谷川呢，它是从东北过来，在我们的前沿山地的北边向正西流，然后拐个硬弯，折而向南，日夜不息地洗着我们的西边那只山脚。河虽小，平日不过十米来宽，二米多深，可是脾气不小。一下雨，一化雪，它会猛涨，连桥梁都冲跑。

钢铁的山，顽皮的河，夹在中间的是我们的阵地。我们怎能不想攻打"老秃山"呢！

为什么不马上进攻呢？这就不是贺营长、常班长和战士们所能知道的了。

3

英雄营长贺重耘的身量只比一般的中等身材稍高一点。看起来，他并不特别壮实，可也不瘦弱，就那么全身都匀匀称称的，软里透硬。他的动作正好说明他的身心的一致，有时候很快，有时候很慢，在稳重之中隐藏着机警与敏捷。他能像农民那样蹲在墙角，双手捧着腮，低声亲切地跟老人或小娃娃闲扯。他本是农家出身。假若在这个时候发生了什么意外，比如说被两个敌人包围住，他就能极快地掏出枪来，掩护住老人或小娃娃，而且解决了敌人。

一张不胖不瘦的不很长的脸，五官都很匀称、端正。他爱笑，也爱红脸。他笑得非常好看，因为他老笑得那么真诚。他不常因为生气发怒才红脸，多数的时候是因为他着急，为别人或为自己有什么落后的地方着急。脸发红的时节，他可并不低下头去；他的脸红得坦白。"不行啊，没文化不行啊！"他的脸红起来。紧跟着，他说出："我没有文化！"并不止这么说说而已，他确是下了决心要去学好文化。他的脸红，一半是坦白自己的缺欠，一半是激动地表示他要求进步的决心。他没法子把心掏出来给别人看看，他只能红红脸。他的头发很黑，黑得发亮。当他脸红的时候，配上这一头黑亮的头发，就非常好看、天真。

两年前，他只认识自己的姓名，签个名要费好大的劲。"笔比冲锋枪难耍得多！够呛！"他有时候说话相当幽默。

现在，他已经认识一千多字，而且都会写。在坑道里，抱着个小菜油灯，他天天跟四方块的家伙们"拼刺刀"！因为坑道里的空气坏、潮湿，不见阳光，他的脸上已没有什么血色。

可是，每当向方块字进攻时，他的脸又红起来。

不过，他的事情多，不能安心学习文化。好家伙，坐在"老秃山"前面学习文化，不是闹着玩的事！他可是坚持了下去，炸弹落在他的洞子上边，把小油灯扑灭，他就再把灯点上，继续学习。

"仗在哪里打，就在哪里学习！"这是他参军后听一位连指导员说的，他永远不能忘记。这也就是他能随时进步与发展的诀窍。

他的本领就是这么学习来的。他先会打枪，而后才学会扛枪、举枪等正规的动作。当他刚一被派做班长的时候，他不肯干："我不会出操，也不会下口令！"可是，慢慢地，他也都学会了。

对于枪械的构造也是如此。起初，他以为一支枪就是一支枪，一颗手榴弹就是一颗手榴弹；枪若是打不响，手榴弹若是个"哑巴"，那都活该。一来二去地，他明白了它们的构造和其中的一些应用物理。于是，他感到了掌握武器的欢快，真的做了枪械的主人。"我拿着你，你不听话不行！我完全晓得你是怎么一回事！"

同样地，他先会指挥，而后经过很长的时间才明白"指挥"这么个名词和它的意义。他有指挥的天才。在他做班长和排长的时候，每逢作战他都打得极猛。可是，他的眼睛能随时发现情况，及时布置，不教自己的人吃亏。该冲就冲，该包围就包围；他能死拼，也用计策。"我一眼看出来，情况有点不对头了，所以……"那时候他只会这么汇报。

直到做到连长，他才体会到指挥是战斗的艺术，而不是随便碰出来的。他以前所说的"一眼看出来……"原来是可以在事前料到的。心灵眼快固然可以临时"一眼看出来……"可是，万一没看出来，怎么办呢？以前，他以为胜利等于勇敢加勇敢；后来，他才明白过来，胜利等于勇敢加战术。他越来越稳重了。

及至来到朝鲜，接触到帝国主义最强暴的军队，他就更爱思索了。他看到远渡重洋而来的敌兵，遇到向来没看见过的武器和一套新的战术与阵式。不错，他和战士们一样，都看不起敌兵，特别是美国兵。可是，他不完全跟战士们一样，那就是他经常思索、琢磨敌人的打法——不一定样样都好，可确是自成一套。跟这样的敌人交战，他以为，既需分外勇敢，也该多加谨慎。以一个军人说，他是更成熟了，晓得了知己知彼才能百战百胜的道理。他以前的战斗经验已不能再满足他自己了。

有一天，三连的小司号员，十八岁的郜家宝从小水沟里捞来两条一寸多长的小麦穗鱼，送给了营长。营长把小鱼放在坑道里所能找到的最漂亮的小碗里，和小司号员看着它们游来游去，很像在公园里看金鱼的两个小学生。两个人的脸上都充满愉快的笑意。

"小鱼多么美，多么美！"营长点头赞叹，"这山里，除了兵还是兵，连个穿便衣的人都看不见！"

"连一只小兔都看不见！"小司号员补充上。

"尽管是这样啊，仗在哪里打，咱们就在哪里学习！"是的，贺营长在这连一只小兔都看不见的地方，并不闭上眼。他注意到敌人的装备、战术跟我们的有什么不同，好去设法应付。尽管是在坑道里，他也不肯麻痹了对新事物的感觉，所以他能进步。

更重要的是他的政治思想的进步。没有这个，光掌握了一些军事知识，光有天不怕地不怕的胆量，也成不了英雄。

当初，他只知道人不该做牛马。可是他得给财主伺候着牛马，他比牛马还低卑。他决定反抗。逃出了家，他要去看看有没有人不做牛马、不低于牛马的地方。没有！他下矿挖煤、上山伐树、赶大车，都受剥削压迫。到处他遇到吃人的虎狼。他还遇到霸占东北的日本人——干脆不许他活着，想当牛马都不行！

只好造反了。要使自己活着，他得杀出一条血路，把地主、矿主、车主、贪官污吏、地痞恶霸，连日本强盗，全收拾了！他先抢了四条枪，而后参加了游击队。他不懂什么叫革命，他只要扛起枪去当兵，好去报仇。

可是，这支游击队并不只管打仗，而也讲革命与爱国的道理。他的心亮起来。他的事业不是去乱杀乱砍，而是有条有理地去革命。他不但须为自己报仇，也得为一切苦人报仇；不止报仇，还要教老百姓都翻了身，拿到政权，使地面上永远不再有吃人的虎狼。他看得远了，从一个村子或一个山头上，他好像能看到全中国。他心里有了劲，看清楚自己做的是伟大光荣的事。

打仗，他老走在前面，争取光荣；立了功还要再立功，光荣上加光荣。他入了共产党。铁汉入了共产党就变成钢，他听一位首长这么说过，并且把它记住。每逢遇到困难与苦痛，他就鼓励自己："这是给铁加点火力，好快变成钢！"

既是党员就不能专顾自己，他觉得做党员的最大快乐就是帮助别人。谁说在部队里会寂寞呢？新的同志随时来到，需要他的帮助。他帮助他们成为战士，成为共产党领导的战士。最初，他不会写字；后来，会写而写不快。但是，每逢他去听报告，军事的、政治的，他总是聚精会神地听着，以便传达给战士们，传达得完完全全，虽然没有笔记。有时候他约一位同去听讲的人听他传达，看看有没有遗漏和错误。

有的战士练操笨一些，有的识字很慢。这都使他着急，千方百计地由他自己，并发动别人，去帮助他们。但是，就是这样迟笨的同志，对革命思想的领悟却也很快。他们绝大多数是来自农村，跟他一样受过压迫与苦难。他们心中的怒火，一点即燃。他像爱亲兄弟似的那么爱他们。他自幼逃出家来，在部队里却好似又回到农村。所不同者是这里不用犁锄种五谷，而是培养革命种子，使革命由发展而得到胜利。

他一天也不肯离开部队。在部队里，只有跟战士们在一处，他才真感到快乐、满意。他自己由战士成为英雄，他也愿意看到后起的战士们成为英雄。他经常"出去转转"，去看战士们。他不大爱听与部队生活完全无关的事，比方说：假若有人谈起蜜蜂的生活，或上海是什么样子，他就慢慢地立起来，"出去转转"。他对蜜蜂与上海不感觉兴趣，他得先去解决战士老王或老李的问题，哪怕是很小的问题。

这就是我们的英雄。假若他穿着军衣在街上走，没有人会特别注意他。及至他问问路，或买点东西，人们才会夸赞他：多么和善的一位同志呀！可是也不会轻易地想到他是钢铁一般硬的英雄。假若他换上便衣出去，谁都会招呼他一声"老乡"；他的时时发红并且微笑着的脸是那么可爱，没有人愿意不打个招呼便走过去。可是，谁也不会忽然想到他是英雄。这就是我们的英雄，一个很平常而又极不平常的人，一个最善良而又最顽强的人。

自从换防下来，他就和政治教导员娄玉林细心地拟订了战士们学习军事与文化的计划，请示上级，得到批准，而后布置下去。

教导员的身量和营长的差不多，可是横下里更宽一些，看起来比营长还结实硬棒。高颧骨，大眼睛，一脑袋黑硬头发，说话明快爽朗；乍一看，他像个不大用心思的人。可是，他的脑门儿上有几条很深的皱纹；一疲乏了，这些皱纹就更深一些。他的工作使他非用心思不可。

他的文化程度相当地高，社会经验与部队经验也都丰富，可是，他并不因此而轻看营长。对贺营长，他时时处处表示出尊敬。他对营长的尊敬更增加了营长在战士们当中的威信。而营长呢，恰好又是个不自满的人，几乎永远没耍过态度。这样，他们两个的关系就搞得越来越好，好像左右手那么老互助合作似的。

他们俩都是山东人，这可与他们的亲密团结没有多少关系。由于都在部队多年，他们有个共同的心碰着心的见解——摸到干部们和战士们的底，才好指挥。这个见解使他们不约而同地去细致地了解每一个干部和战士的一切。军事教程与种种条例都是刻板的东西，人可是活的。不彻底地了解了人，有多么好的条件也可能吃败仗。贺营长常"出去转转"，娄教导员也是这样。他们知道老待坐在坑道里办不了事。

他们正在坑道里细心地讨论自从撤到第二线来全营的思想情况。天已黑了，可是在坑道里不看表是很难知道时间的。贺营长喜欢做这种研究，明白了别人，也就间接地可以明白自己；他是这一营的首长啊，别人的事都多多少少和他自己有关系。用不着说，娄教导员也喜欢做这个工作，掌握全营的思想情况，保证作战胜利是他的职责所在。

部队的思想情况有时候是不易捉摸的。只有像贺营长和娄教导员这样诚恳而细心的人，才能及时地发现水里的暗礁和预测风雨。

撤换下来以后，全营都非常平静。营长和教导员就马上觉得不对头。为什么大家这样一声不出呢？贺营长一想就想到，这是因为没摸着打个大仗，大家心里不痛快；他自己不是也有点不痛快吗？他想：过两天，布置了新工作，大家就会又高兴起来的。及至文化学习和军事学习布置下去，大家还很平静。这不能再叫作平静，而是冷淡了。

贺营长从卫生员王均化口中得到：三连的黎芝堂连长亲口说的："打仗用不着文化！"这句话马上使许多战士对学习都不大起劲了。

"老黎自从教毒气伤了脑子，"教导员说，"说话常常颠三倒四的！可他还是个好连长！"是的，外号叫"虎子"的黎芝堂的确是个好连长，做事认真，打仗勇敢，只是近来脑子有点不大好使唤。

"可是说这样的话就不行！"营长脸上经常挂着的笑容不见了，眼珠定住，半天没有动。

"倒退三年，咱们不也说过这样的话吗？"教导员爽朗地笑了笑。

营长的脸慢慢松开，又有了笑意，"这话对！进步难啊！"

"有人进步快，有人进步慢；快的别教慢的感到难堪！"

"对！对！"营长连连点头，"我找他去扯一扯？也许你去更好？"

"你去！省得他拿我当知识分子……你的话，他听着入耳！"

“咱们一齐鼓动鼓动大家，搞得热火朝天！对！”

白天学文化、休息；晚上练兵，全营的情绪又高起来。经过详细讨论，各连的干部都调整好。功臣们该到友军去作报告的已派走了，新同志有的派出去烧炭，有的修补用具。还有一部分人整顿和添挖坑道。全营真正地平静下来。

可是，传来了消息：三营换到前边去，才不到几天就打了个胜仗——不大，可是打得漂亮，有杀伤，有缴获，有俘虏。我们没有伤亡。

胜利的消息传到团里，老常班长连喊了几声“够呛”。他本不吸烟，现在可是借来一支“大前门”吧嗒着。一边吸烟，他一边琢磨：胜利的光荣是有他一份儿的，他背过那么多趟手榴弹！他的每一滴汗都是香美的，像珍珠那么可贵！“够——呛！”他高声这么喊了一次，发泄尽欢快的感情。

消息传到了一营，大家也欢呼了一阵。可是，过了一会儿，大家又静寂无言了，有的人还屡屡地叹气。最沉不住气的是三连长黎芝堂。没带人，他独自跑到营部去。

“虎子”这个外号的确足以说明他的形象与性格：身量不矮，虎头虎脑，刚二十五岁，什么也不怕，他不但是虎形，而且有一个虎胆。每次带队出击，他总是说这一句：“不完成任务不回来！”

见到营长，敬完礼就开了腔：“完啦！进坑道得低头，到外面也得低头了！”

“怎么啦？”营长的笑容里带着惊讶，“犯了什么错误？”

“除了爱多说话，没有毛病！营长，人家三营打了漂亮仗！”

营长的脸上只剩下惊讶，没有了笑容："打胜仗难道不好？"

"胜仗是人家打的，不是咱们！"连长的荣誉心是那么强，以为所有的胜仗都该由他独自包办。

"三营也是志愿军！"营长有点生气了。若是一个战士对他这么讲，他一定不会动气；可是一位连长怎么可以这么随便说话呢？

营长一挂气，连长更着了急，宽鼻头上出了汗。"我看哪，他们刚一上去就打得好，将来进攻'老秃山'准是他们的事，咱们参观！"

这可打动了营长。虽然他已有了相当的修养，不再像"虎子"连长那么冒失，可是反击的光荣若是教别人得去，他可不好受。他想了一会儿，话来得相当慢："上级，上级教咱们打，咱们打；教、教咱们守，咱们守；教咱们参观，咱们参观！"说完这几句不易出口，而确是得体的话，他的嘴顺利了，"连长同志，不肯分析别人的胜利，吸收经验，就是自傲自满。自傲自满必会教自己狭隘，嫉妒打仗不是为自己争口气，是为了祖国的光荣！"

"报告！"洞口有人喊。二连的上士唐万善紧跟着欢欢喜喜地进来，向营长、连长毕恭毕敬地敬了礼。

"什么事，上士？"营长笑着问。

"报告营长，明天星期六，七点钟炊事班开个音乐晚会，想借用大礼堂。"所谓大礼堂就是营部开会用的，可以容四五十人的洞子。"还请营长去参加、指导。"

"什么节目？"

上士笑得脸上开了花。"有我给他们组织的伙房大乐队。蛋粉筒当鼓，两个水瓢当钹，啤酒瓶当磬，菜锅当大锣，菜勺当小锣，可好听咧！营长去吧！"

没等营长开口，连长给上士浇了一盆凉水："乱敲打什么，软化了大家伙儿！"

上士没来得及解释，文化娱乐是多么重要，"门"外又是一声："报告！"

进来的是沈凯，三连的文化教员。他从头到胸都像个战士，连细小的动作都模仿着战士。他的愿望是跟着突击部队去冲一次锋——"参加了会子，没打过仗，算怎么回事呢？"他常常这么叨唠。他的思想、感情也跟战士们的差不多一致。

不但在全营，就是在全师里，三连也是有名的。贺营长以前就是这一连的连长。从他带着这一连的时候起，"尖刀第三连"就已"威名远震"。现在，三连的战士们仍然保持着过去的荣誉，永远要求打突击。战士们最怕"落后"这个名词。三连炊事班的馒头都蒸的比其他各连的特别大！

"报告营长！"沈凯瓮声瓮气地说，"明天星期六，晚六点我们开个文娱晚会……"

没等教员说完，营长就拦住他："大礼堂已借给二连了！"

在心里，他极重视三连。这是他一手培养起来的，而已有光荣传统的一个连。但这绝不是偏爱。他有责任爱护这个连，继续成为各连的榜样。

他猜到，沈凯教员必定知道了二连要开会，所以要抢先开自己的会，以免"落后"。他猜对了。

"顺着连的次序，二连明天开，三连后天开，我都来参加。没别的事？去吧！"

敬完礼，上士与教员先后走出去。教员满脸通红。

"连长同志，"营长相当严厉地说，"看见没有！我和团、师首长都重视三连，这是我们的责任，我们不能教这样一个连退步了。你是很好的连长，可是你狭隘、自傲。看，你们连开个小会都要抢在别人的前面。这不是怕落后，是处处拔尖子，看不起别人这样发展下去，你们将要不再是典型连，而是孤立连，损害了全营的团结！"

　　黎连长头上出了汗，直挺着腰板听着。

　　营长伸出手去，亲热地握了握那一手心冷汗的手。"咱们的部队可以说是最有纪律的部队。你看，朝鲜人民是怎么喜爱我们、尊敬我们、支持我们，中朝真成了一家人。可就是不能骄傲自满，那会，一定会，越来越松懈，把纪律完全搞光……好好地去准备，提高每个人的文化和技术；多打大仗，咱们有准备，必能打好！"

　　"是！营长！"连长的虎目瞪得极大，敬了礼。

　　"我们应当给三营写封信，祝贺胜利！"

　　"对！营长！"

4

　　上士唐万善的乐队很成功。这并非说是大家听到了音乐，（上士的目的本不在此；要不然，找几位弹弹唱唱的好手还不算难事！）而是说连不大爱笑的人都笑出了眼泪——特别招笑的是那一对大水瓢。

　　三连的晚会不开了：沈凯闹情绪，节目没能赶排好。黎连长从营长那里回来就连连地吸烟，一根接着一根，弄得洞子里满是烟雾，小菜油灯的灯光越来越弱。

　　对营长给他的批评，他丝毫没有反感。他是党员，懂得怎么接受批评。他正在苦苦思索的是该怎么办，怎么实现营长的指示和从哪里开始。一时他想不出头绪。他的脑子受了伤，一个多月前他还在病院里。思索过久了，他就害头疼。

政治指导员姚汝良回来了。副连长廖朝闻已到友军去作报告，连长又是半个病人，所以这几天指导员特别地忙。

"嗬！这里成了炭窑喽！"他弯着腰这么喊。

连长在炕上窝着，没出声。

指导员拨了拨灯，才看明白了："你在家哪儿？"

连长还是没出声。

姚汝良是大个子，在坑道里随时留着神还难免碰肿了头。长脸，有几颗不大的麻子；眼睛非常有神。身量高，可是细条，所以动作很快——这就在坑道里更容易碰了头。这是个胆大心细的人，永远虚心、用心。他坚强，也希望别人坚强，但绝不强迫别人。他慢慢地给别人输入令人坚强起来的思想，像给一棵花木施用适当的化学肥料似的，又干净又有力量，最后能开花结果。

脱下大衣，他灵巧地用它赶走了烟雾，而后躺在炕上歇息。他看出来，连长是有心事。但是连长既不出声，他顶好也暂时不出声；沉默有时候比催促更有刺激性。

这一招果然灵验，过了一会儿，连长出了声："老姚！老姚！"

"嗯？"老姚假装不大起劲说话似的。

连长心直口快，不会绕弯子。"老姚！营长把我好批评了一顿！他一点不留情！平常，他不是老怪和气的吗？"

"你调到这儿来才三个多月，我调过来还不到两个月，咱们还不能完全认识营长。不过，不管咱们是由哪里调来和调来多久，反正人人受党的领导。咱们认党不认人！"

"这话对！我必得告诉你，营长可没耍态度，乱叱呼人。他批评得对！"连长又找火柴。

"别抽了吧？快进不来人啦！"

"看着，过两天就断了烟！那天不是把棉裤烧了个大窟窿！说断就断！"把手中的烟扔了出去。

"营长说什么来着？"指导员知道连长受了伤的脑子不好使唤，说着说着就说到岔道儿上去，所以这么提醒一声。

连长把在营部的那一场学说了一遍，说得不很贯串，可是很详细、正确。他既不肯说谎，也不会添枝添叶。

听罢，指导员思索了半天才说："营长说对了！连我也有点自傲！你看，当我接到了命令，调到三连来，我从心眼儿里觉得满意！这是有名的连，我能来做政治工作，没法儿不高兴。到这里一个多月，我仔细看过了，每一个新战士来到，刚放下背包，就会得意地说：'我是三连的！'这很好，有荣誉感是好的。可是，还没学会任何本领就先看不起别人，就不对了！我们的战士的确多少有这个毛病，必须矫正！必须你我以身作则地去矫正！"

"怎么办呢？打哪儿下手呢？我想了半天，想不出……"

指导员坐起来，想了会儿。"这么办，星期天的晚会不是不开了吗？咱们还借用那个地方，开个党支部扩大会议，连功臣也约来。你传达营长对你的批评，而后检讨自己。我也讲话，大意是讲：要打好仗，得靠人人平日有准备，人人有真本事，不能专靠承继下来的好名誉。烈士们功臣们用血汗和本领给我们创出荣誉，我们还得用血汗和本领继续创造荣誉。专凭荣誉心而没有真本事、真劲头，一遇到困难就会垮下来的！……大意是这样吧。我们要鼓动起大家的学习热情来，教大家知道不是因为在三连里就光荣，而是真下决心苦干，人人有份儿地把三连搞得更硬、更好，而且更谦逊可爱才光荣。你看怎样？"

"就这么办！你去布置，我好好想想我说什么，怎么说。"

"事先要预备一下，到开会的时候大家好热烈发言，发言的越多越好！"

连长过了半天才说："平日，我对大家是那么严格……老姚！"

指导员又猜着了连长的心意。"咱们是有党领导着的部队。你严厉得对，大家一定服从。严厉得不对，大家会提意见。你当众检讨自己，是表明你对自己也严厉，不但不损失威信，反倒增高威信。党是讲民主的，它检查所有的党员的行动，不论地位！你是勇敢的人，就拿出勇气来吧！"

"好！我先睡一会儿。"不大的工夫，他已呼呼地睡着。

外边虽然没有完全化冻，可是洞里已偷偷地往下滴水。一滴水掉在连长平伸着的手上。他动了动。指导员过去给正了正上面盛水的雨布。

吃过晚饭，大家三五成群去开会。因为不是成排成班的开会，所以没有排队。每个人可都带着武器和手电筒。大家都脱了踢死牛的又结实又保暖的大头鞋，换上胶底鞋，为的是走路轻便，虽然由连里到"大礼堂"并不很远。

副班长，有名的爆破手，因捉到俘虏而立过功的邓名戈在前，老战士章福襄在中，年轻的新战士武三弟在后，三个人在壕沟里走。

敌人又发了炮。有的在驿谷川那溜儿爆炸，有的从他们的头上飞过，落在远处。三人安然走着。

"妈的，山上的树跟美国鬼子有什么仇！"章福襄最容易动感情。每逢动感情，他的小而圆的脸就红起来，总是先由两个鼓眼泡儿上红起。

他的个子不大，看起来并没有多大的力气。可是他已跟敌人拼过几次刺刀。有人问他由哪儿来的劲儿，他就答以"党给我的"，然后真诚地一笑。

他痛恨敌人，也极看不起敌人——"妈的，一拼刺刀就跪下，孬种！"在家里的时候，他吃过两年的野草和树皮。现在，家里分了地，有吃有喝；去年他汇回四十万块钱去，老父亲来信说，已添置了新被子。他不允许美国鬼子侵略了朝鲜，再进攻中国；他知道野草是什么味道。

新发下来的衣服鞋袜，他都不肯穿，非到迫不得已的时候才换上。有人说他太吝啬，他就红了眼皮、发怒："这是祖国来的，我舍不得穿！"可是，赶到有人向他要一双袜子什么的，他会很慷慨："拿去吧！咱们吃着祖国，穿着祖国，咱们浑身上下都是祖国给的！这就是共产主义吧？"他极爱惜祖国来的东西，可是不想独占着它们。部队的集体生活已经使他忘了某些农民常有的贪得与自私。

炮打得更凶了。章福襄问武三弟："不怕吗？"

"不怕！听惯了！"青年战士严肃地回答。他十九岁，才参军半年；参军的时候，他已经是团员。他长得很体面：方方的脸，大眼睛，一条高而端正的鼻梁。他的嘴唇很薄，并上就成一道线，张开就露出一口洁白好看的牙来。每逢听别人说话，他的大眼睛就睁得特别大，好像唯恐人家说他不注意听似的；听完，他天真地笑笑，露出好看的牙来，好像是说：我听明白了，我是用心听的！

三个月前，武三弟跟着班长柳铁汉去查哨。远处有机关枪声。柳班长回头，不见了武三弟。班长往回走，看见武三弟匍匐在壕沟里，手里拿着个手榴弹。"起来！你干啥呢？"班长问。

"枪响了，我准备打仗！"武三弟还舍不得立起来。

"起来！打枪的地方还离这儿八里地呢！"

这个小故事不久就传遍了全连，大家很快地都认识了武三弟，而且都喜爱他。

邓名戈心里有劲，而不大爱说话。他是团员，又是功臣，而且老那么少说少道地真干事儿，所以威信很高。虽然因不爱说话而得了"老蔫儿"的绰号，他可是个大高个子，浑身是胆。现在，听到武三弟说"不怕了"，他想起武三弟准备打仗的那个小故事，他笑了笑。"武三弟，你长了胆量！"

章福襄也想鼓励武三弟几句，可是机枪手靳彪从后面赶来，把话岔过去了。

离头一批人不远，后面来了郜家宝和王均化，一个十八，一个十九，两个团员。他们俩常在一处。虽然小一岁，郜家宝却比王均化高了一寸。看样子，王均化不易再长身量，他长得横宽。郜家宝长的细条，眉眼也清秀，说话举止还有些像小孩。虽然样子像小孩，可是胸怀大志，老想立下奇功，成个英雄。因此，喜爱沉稳严肃的王均化肯和未脱尽儿气的小司号员交朋友。自从一入部队，每逢听见枪炮响，小郜总是眉飞色舞地说："过年了，又过年了！"据王均化看，这未免欠严肃。可是，再一想，把打炮比作过年放爆竹，到底是沉得住气，有点胆量啊！

小王的眉眼也很清秀，可是脸方脖子粗。再加上横宽有力的身子，他就很像个壮美的小狮子。他也并非天生的不淘气；小时候他若是不登梯爬高地乱淘气，他还长不了这么壮实呢。可是，自从参加过一次战斗，他一下子变成熟了。平常，大家叫他小王，及至在战场上，他给伤员们包扎的时候，伤员们都叫他同志。这样得来的"同志"怎能不教他坚强起来呢！当伤员咬着牙，一声不响地教他给包扎的时候，他很想坐下大哭一场。可是，他忍住了泪；孬种才落泪呢！有的伤员拒绝包扎，还往前冲。有的伤员负伤很重，拉住他的手说："同志，不用管我，给我报仇吧！"有的重伤员只反复地喊："同志，我对不起祖国，没能完成任务！"这些都教他明白了什么叫作战斗意志，他不能再耍孩子脾气了。他看清楚：在战场上人与人的关系才是同志与同志的关系，大家只有一条心，一个意志，汗流在一处，血流在一处。

　　所以他也拿起手榴弹，冲上前去。他既是战士们的同志，就必须和同志们一同去消灭敌人。他忘了一切个人心中的那些小小顾虑与欲望，只记得抢救自己的伤员与消灭敌人。对自己的人，血肉相关；对敌人，血肉相拼；战场上就是这么赤裸裸的敌我分明。他沉稳了，严肃了，也坚强了。他经过血的洗礼。

　　"小郜，你今天发言吗？"王均化回过头来问。他走在前面，像哥哥领着小弟。遇到危险，他好挡头阵；其实，这里是不会遇到什么危险的。

　　"我不准备发言，听听别人说什么吧。你呢？"

　　"我要发言！争取发言！"

　　郜家宝扭头看了看，后面来了一大群人。"咱们快点走吧！"

　　后面来的是柳铁汉班长，金肃遇、仇中庸和乜金麟三位排长，还有不少战士，包括功臣巫大海、宋怀德、姜博安。连长和指导员也在其中。

敌人的炮还响着，我们开了会。

会场布置得简单严肃：有毛主席像、金日成元帅像和几条标语。地上垫着木板，大家坐在上面；这样可以多坐人，也省得来往搬凳子。只有一张矮桌，是战士们利用装运物资的箱子的薄木板做成的。桌上放着两支蜡烛和一瓶子花，瓶子是炮弹壳，花是彩纸做的。

指导员主持会议，先请连长发言。

一开始，连长的话就使大家惊异；谁都知道"虎子"连长平日多么暴躁严厉，没想到今天他会这么诚恳坦白。然后，大家受了感动：连长是替大家受了营长的批评啊；骄傲自满的，不重视学习的，不只是连长一个人啊！最后，大家激动起来，马上立决心给三连增加荣誉，不许安然地享受过去的光荣！

指导员的发言使大家更加激动，随时地喊起口号来。指导员更进一步地指出具体事实："挖坑道的同志们都很辛苦，不错；可是，他们创造了新的方法，挖得更好更快没有？在战斗中立过功的炊事班，现在用了脑子，改善了饭食没有？文化成绩好的帮助了落后的没有？老战士们自动地把本事教给新战士没有？是的，我们稍微一自满自足就会麻痹松懈！我们一不肯用脑子就耽误了创造！不错，打好了仗，一切都能顺利；可是，没有充足的学习和准备，我们就不会打好了仗！咱们的英雄营长向来是每战必胜，但是没有一次胜利是出于偶然的，没有！"

这一片既具体又生动的话刚一结束，大家的手都伸起来，像一片小树林，争取发言。

指导员指定柳铁汉班长先发言。

大眼睛，尖下颏，相貌很清秀的柳班长向来能说会道。今天他要说的话特别多。可是，他是那么激动，嘴唇直颤，打好了的腹稿已忘了一大半。他只说出："同志们，当初，我当了兵，因为日本兵用刺刀戳死我们村里的六十多个人！我当了兵，为报仇！在朝鲜龙岗里，我看见，一条壕沟里有三千多口死尸，多半是妇女小孩！妇女小孩招惹过谁？也都教美国鬼子给杀了！一个不满三岁的小女孩，身上挨了三刺刀！我看见了，可没法告诉人；一说，我就得哭！看过以后，我五六夜睡不着觉！同志们，我是志愿军，我要为这些妇女小孩报仇！"他的泪流下来，用手背擦了擦。"同志们，越有准备，越能消灭敌人，越能多报仇！我保证我们这一班下苦功夫学习文化、练兵！我，我说不下去了！"

这突然的结束，使大家一愣，非常肃静。

章福襄，眼泡儿红得发亮，开了口："同志们！同志们！"他的个子不大，声音可十分足壮。"同志们！我身上的一丝一线都是祖国人民给的。祖国给的衣服紧挨着我们的肉皮！能为保卫祖国粉身碎骨是我最大的幸福！完了！"话虽短，可是很具体。他说完，马上有几位青年去摸自己的厚厚的棉衣，好像摸到衣服，就也摸到了祖国。

王均化发言。虽然年轻，他却不像前边两位发言人那么激动。他慢慢地讲，每个字都说清楚："同志们！我们的连很有名，我爱我们的连！可是该提醒一下，我们可有像二连六班，有名的'四好班'那样的一个班？我们可有像栗河清那样的一个火箭炮射手？他在全军里考第一！"

这几句不激昂而极切实的话打动了每个人的心，大家马上喊起：

"向二连六班学习！向栗河清学习！"

沈凯检讨了自己："我错了！连咱们开个晚会都要抢在二连的前面，心眼多么小！我要向唐万善上士道歉！我保证，用一个青年团员的资格保证，以后不再犯这样的错误！"

随后，又有几位发言，挖坑道的决定去找窍门，提高工作效率，提前完成任务；炊事班班长周达顺保证把伙食做好，使战士们满意；还有听了这些结结实实的发言，每个人的心里都感到了充实，都觉得把三连搞得更坚强、更光荣是自己的责任。有的人恨不得马上就去行动起来，不要等到明天。

已经九点半了，指导员简单扼要地做了总结，勉励大家按照会议的精神，去鼓动连里的每一个人，教三连人人进步，天天进步！"志愿军自从一到朝鲜，就做到了今天比昨天进步，明天又比今天进步。胜利没教我们保守不前，反之，胜利坚定了我们进取的信心。我们三连必须进步，成为天天进步的部队的先锋！人家管我们叫'尖刀第三连'，尖刀必须天天打磨，不能生了锈！三连的党团员、功臣就是钢刀上的钢刀，永远在最前面发着光！"

大家决议用三连党、团支部的名义向三营祝贺旗开得胜的胜利。

5

贺营长来到团部，团长约他来的。

论身量，乔秀峰团长还没有庞政委（政治委员）那么高呢。可是，人们都觉得乔团长又高又大。

论胆量，团长固然全身是胆，从幼就不晓得怕过谁，可是政委也不弱呀。那年，还正在打游击战的时候，庞政委不是独自摸进敌人的碉堡，独自在那里看到了一切吗！可是，乔团长显得特别威武，令人生畏。

论服装，除了一双高筒皮靴，乔团长身上没有什么与众不同的东西和标志。他既无肩章，也没有帽花。他的那一身棉制服既不特别干净，式样也和战士们的差不多。可是，谁都看他像位团长。

也许是因为他作战永远决策快，打得狠，而且慢慢地他的眼神与动作也都那么配合上内心的果断与顽强，所以他才显着特别高大和威武吧。

他的头很大，脸很长，恰足以镇得住他的大身体。两只眼不但有神，而且有威。他不常高声说话，而时时微笑，可是这并不能使他显得温和。他的眼很厉害。看一下，他很快地把上眼皮扣下来。这一下就够了，他看得快、准、狠！

他和贺营长是老战友：营长当连长的时节，他当营长；后来，连长升到营长，营长也升到团长，同在一个团里。

二人遇到一处，贺重耘爱说："你计划，我打！"这并非说贺重耘打仗没有计划，只凭一冲一撞；而是他觉得有这么一位坚决果断的、一座小山似的上级在后边支持他，他必定能够打得漂亮。

在乔秀峰这方面呢，他非常器重英雄营长。就是二人说闲话的时候，他也不忘了启发与帮助，希望营长成为个杰出的指挥人才。他的文化程度和政治思想水平都比贺重耘的高。他是工人出身，而且读过几年书。

贺营长进来，庞政委和程有才参谋长正跟团长商议着什么事情。

庞政委身量虽然高大，脸上可是非常地温秀，说话也很安详。他的胆量极大，而一点不外露，说话行事老那么像一位诚诚恳恳的中学校长似的，和悦可亲。

程参谋长夹在两位大个子中间，显着很矮，其实他是个中等身材。比起团长，他像文人；比起政委，他像军人。他文武双全，能打能写。双手交叉在袖口里，不言不语的时候，他好像什么也不知道；及至一挺腰板，长篇大套地谈起来，他又才华横溢。不太圆也不太长的脸上没有什么特点，可是一说起话来或干起活来，就满脸露出才气。

贺营长很规矩地向三位首长敬礼，他们都笑脸相迎地接待他。团长见到老战友，特别高兴，脸上的笑意冲淡了眼神的厉害。

"你们谈，我干我的活儿去。"参谋长笑着走出去。

政委顶喜爱英雄人物，很想说些什么，可是没有想起来，于是把双手搂在膝盖上边，亲热地看着贺重耘。

团长刚要递烟，就想起来："你不吸烟。"把烟卷顺手放在自己嘴里。团长吸烟很多，军服上已烧了不少小窟窿。程参谋长常俏皮地说："团长，看你这受过空炸的军服！留点神吧！"

"贺营长，昨天我到前边，看了看地形。"团长好像无话找话地说。

团长有意地这么说，为是不教营长兴奋。可是，营长的脸还是立刻红起来。

"怎么，要进攻'老秃山'？"

政委答了话："什么也还没有决定。你知道就行了！"

"对了，我们只交换点意见。"团长笑着说。他十分明白贺营长的心情。假若他自己现在还是连长或营长，他也不会错过打大仗的机会，一定要亲身到前边去。"你看，我们有把握把它拿下来吗？"

营长冲口而出地说："有！"很快地看了团长与政委一眼，改了口，

"可以打！我要求过几次……"

"我们，连师里，都信任你！"政委安详而恳切地说。打这么大的大仗，他有责任为党为国培养人才，鼓励干部。"可是，你要求任务的时候，还没到进攻的时机。军事斗争必须跟政治斗争配合起来。"看贺营长稍微一皱眉，他继续说下去，"板门店的谈判，你知道，已停下来好久。"

团长插嘴："战场上打得他疼一些，他就会又想起会议桌来！我们有好几个地方可以进攻，可是只有攻'老秃山'能把他打得最疼。敌人自己吹，'老秃山'是最坚固的阵地！"

"这些日子，"政委把话接回来，"咱们都知道，华盛顿一个劲儿喊，要登陆进攻，抄我们的后路。我们必须先攻他，而且要攻他最不肯丢掉的地方，好扯乱了他的兵力，打乱了他的部署！"

"所以，要打就必定得有打胜的把握！"团长的声音还不大，可是眼神逐渐厉害起来。"'老秃山'的阵地不大，军事的跟政治的影响可是很大。我们攻而攻不上去，或是攻下来而守不住，华盛顿就会把美国所有的牛都吹死！"

贺营长的头低下去，沉思。对敌人的登陆进攻的叫嚣，他由上级的报告知道一些。可是，他的心思一天到晚萦绕在营里的事情和战士们身上，顾不得细心揣摩更远大一些的问题。他几乎专由军事上兵力上去考虑怎么打"老秃山"，没想到"老秃山"那么个小山包会有什么政治影响。他抬起头来，自己的缺欠须对首长坦白出来，光心中羞愧是没有用的！

"我还是不行啊！听到华盛顿，艾森豪威尔这类的名字，我就恶心！不去想那些大问题！"

团长笑了，"谁不是慢慢进步的！当初，你我还不是一个样，只管哪里危险往哪里冲，不管别的。"

"要是光明白世界大势，而没人向敌人阵地猛攻，也解决不了问题！"政委也笑了。

贺营长心中舒服了些，把话转回到"老秃山"上来："'老秃山'确实不好打；不过，要是打呢，我们能够把它打下来！"

"咱们的伤亡能够很小吗？"团长问。

"恐怕不会小！"营长回答。

"咱们需要多少兵力呢？"

"强攻得至少用两个连！敌人居高临下，有五六十挺机枪、有七道到十一道铁丝网、有七八辆坦克、有迫击炮、有火焰喷射器！"

"两个连！"团长低声地说。他和贺重耘一样，向来惯用以少胜多的战术，以一个组打敌人一个班，以一班打一排……现在，贺重耘一开口就说两个连，他看了政委一眼。

"团长，"政委微笑着说，"你忘了，山上的敌人是一个加强连，可能有四百人左右！"

"对！对！"团长也笑了一下。"你看不能再少？"

"地堡就有二百来个，两个人打一个不是还得用四百人吗？"政委反问团长。

团长用手摸了摸长而大的脸。

"一次攻不上去，第二次就更难攻了，所以一下手得多用几个人！"贺重耘补充上。

"可是别忘了，我们有几个炮群配合步兵作战！"团长提醒政委和营长，他的眼极快地看一下政委，看一下营长。

"我算计到炮火的支援了！"这是使营长最感到满意的一句话。以前，咱们的炮少，一位营长很难想到炮兵。入朝以后，我们越打越强，营长不但知道了用炮，而且知道了炮兵与步兵协同作战的战术。这使贺重耘感到骄傲。

"用两个连，你怎么打呢？"团长问。

"我有个初步的方案！"英雄营长回答。

团长看了政委一眼，政委点了点头。他们尊重这样肯经常用心思的干部。"说说吧！"

贺营长愣了一小会儿，然后说："我的方案可还不成熟！"他愿先听听首长们的意见，不便说出自己还没有想成熟的计划，耽误首长们的时间。

团长似乎看出营长的心思，笑了一下。"你看，咱们一下子把力量全拿上去，一下子把敌阵插乱，敌人还手不及，咱们已占领全山，怎样？"

贺营长的眼明亮起来："我也是这么想的！所以我要用两连人一下子打上去，不容敌人喘气！"

"那么，刚才你为什么不敢说呢？有困难？"团长问。

"有困难！这是个新打法！"

"困难在哪儿？"

"战士们好办，战前有充分的学习，到时候怎么指挥就怎么打。"

"困难是在干部！"政委抢着说。

"对！"贺营长笑了。"干部们有些作战经验，总以为老经验最可靠！"

"好！"乔团长闭了一下眼，为是把贺营长这句话牢牢地记在心里。"你看，攻下来，咱们守得住吗？"

"守不容易！可是我守敌攻，敌人的伤亡必大。为大量杀伤敌人，非守不可！好在呢，攻的时候，全山都在敌人手里；守的时候，敌人只能从后面反扑，咱们容易布置。"

"别忘了敌人的炮火和飞机！"政委慢而有力地说。

"那的确不好办！"营长点点头。

"咱们的脑子可就是为应付困难用的！"团长笑了笑。"你我的想法一致，你去就你所能想到的把具体的部署写给我。"

团长又问了些营中的情况，特别问到三连，而后看了看腕上的小表。"好吧，你回去吧。"他把大手伸出去。营长先敬了礼，而后和团长与政委握手。

握完手，营长的眼对准了团长："团长我要求把打'老秃山'的任务交给我！"

"打不打，什么时候打，谁去打，都要由党和上级决定；我不能答应你什么！"团长极诚恳地说。"这是个不小的战斗，只要一开火，就必须打到底！你回去吧，刚才的话都要严守秘密！"

营长又敬了礼，走出来。

"这是个既有胆子，又肯用脑子，求进步的人！"政委低声地夸赞。

6

从营到团，有三四里路。离交通壕一百多米的小山坡下，原有一个很小很小的村子，一共也不过有七八间矮小的茅舍。山坡下有一片田地，旱地多，水地少。村中的十来口人，就靠耕种这点地亩过日子。在从营到团的半途中，一探头就可以看见这个小村，像"盆景"那么小巧美丽。

这个小村已随着朝鲜的多少城市乡镇被暴敌炸光，连村里的一头黄牛，十几只鸡，一条小花狗，都被炸死，只剩下三个年纪不同的妇女。她们不是一家人，患难迫使她们在一块儿过活。埋了她们的亲人，拾了些没有炸碎的物件，她们几乎是赤手的，在山坡上有一株古松的地方，挖了一个仅足容下三个人的窑洞。洞口上沿安了一两块木板，作为前檐；木板上放些青青的松枝，雨水就顺着松枝流到两旁去。两个旧麻袋结合成一个门帘。

她们不碍我们部队的事。她们的小山上既没有我们的工事，她们的田地也不靠着大路。可是，部队首长除了时时派人给她们送些粮米之外，还屡次劝她们搬到第二线去，因为敌人的"威风"就在于经常乱开炮、乱轰炸，她们的窑洞又是那么浅小。可是，她们不肯走。她们的田地在这里，亲人埋在这里，她们生在这里，长在这里，也愿死在这里。敌人的炮火吓不走她们！

我们也报告给地方政府，政府派来人向她们劝告，仍然无效。"我们没有牛，没有农具，可是我们的地并没有荒了啊！在我们自己的家乡里，不是更快乐些吗？"三位妇女这么答辩。她们没有把敌人的炮火炸弹放在眼里。

我们的战士都认识那棵小窑洞外的古松，一看到古松，他们的心里就更有劲儿，因为古松下有那么三位顽强的妇女。

去年，在这小洞外，敌机又投了弹。于是，三位妇女中就只剩下了年纪最大的老大娘。她还是不肯离开这里。当我们的战士们帮助她掩埋了两个尸体，修理了窑洞之后，老大娘穿了最洁白的衣裙，来向团长致谢。她把仅有的最宝贵的一点东西献给了团长——一个小铜碗，是她的"老"儿子生前用过的；他已在前线光荣地牺牲了。

谁看见过乔团长落泪呢？他落了泪。

这以后，战士们都管她叫作"孤胆大娘"，经常来帮帮她的忙。

洞外的古松被炸去半边，剩下的一半枝叶照旧骄傲地发出轻响，当微风吹来的时候。战士们常在有月色的夜晚，看见白衣的"孤胆大娘"坐在顽强的古松下。他们也看见，老大娘时常用手做指挥的姿势，先往西一指，再用力地往东一指，然后探着身子往东看。一来二去，战士们猜到，大娘也许是想象着指挥我们的炮呢，教我们的炮轰击"老秃山"。

由团部出来，贺营长的心里很不安定，深一脚浅一脚地在壕沟里走。小通讯员在前边走得很起劲，常常回头看看营长跟上来没有，心中纳闷为什么营长今天走得这么慢。天还很冷，晚风不大，可是有点咬耳朵。

"营长！"小通讯员立住，"把帽子放下来吧！"

营长只"嗯"了一声，没心思去放下帽翅儿来。

"哎呀！"小通讯员别的都好，只是动不动地就喊"哎呀"，抽冷子能教神经衰弱的人吓一大跳。"营长，这么冷的天，'孤胆大娘'还在松树下边呢！"

营长向那边看了一眼，天已黑了，可是还能看见松树下一个白的人形轮廓。营长心里更不痛快了。

立了一会儿，他真想转回团部去，再向团长要求打"老秃山"的任务。就是专为给老大娘和全村的人报仇，也该去打！

可是，这一仗的打法必须是新的，不能专凭自己的经验与勇敢就能打胜，虽然必须打胜！

从前，没做到营长的时候，他只需要求任务、接受任务和出色地完成任务，不必多想别的。现在不像先前那么简单了，他的责任不同了！没有详密的计划，绝对不能出击！他愿意打大仗，可是也感到一种从来没有的痛苦！

这也许应当叫作"生长的痛苦"吧，就像我们一个中学生，在毕业之后走进了社会，因感到学识与思想的不足而苦恼着吧。

是的，全志愿军都在生长，天天生长。没有生长的生活是没有什么意义的，因为它永远到达不了一种最理想的成熟。每作战一次，志愿军的"身量"与心智就长高大了一些。它没有因为胜利而故步自封，所以继续得到更大更多的胜利。正和贺重耘个人似的，因为天天要求进步，志愿军也必感到痛苦。可是，党的领导，首长们的智慧，与战士们的勇敢，使这痛苦没有变成颓丧与消沉，反倒变成为发展与进步的有力刺激。为了前进而去克服困难，能不咬牙忍痛吗？

小通讯员轻声地唱着："雄赳赳，气昂昂……"

贺重耘的心中忽然一亮。很快地，他想起跨过鸭绿江的情形：那时候，战士们拿着的是步枪，没有多少重炮，没有空军，没有精密的通信组织，连通话用的步行机都不知道怎么用……遇到的呢，却是美国强盗的王牌军队！我们感到多少痛苦：没有足够用的大炮，没有飞机，也没有可依托的工事！现在呢，我们不但有那么多的冲锋枪，而且有了各种大炮！我们有了空军！进步，多么大的进步！想起来，那些痛苦是多么美丽，令人非求进步不可的痛苦啊！现在，我们的战士不但会用各种新武器，而且会用从敌人缴获来的各种武器！多么大的进步！那么，指挥怎么可以一成不变呢？怎么可以不讲究新的战术呢？装备、战术、技术和文化，应当一齐进步！

他恨不能马上跑回去，找那个"孤胆大娘"，告诉她：我们不但必打"老秃山"，而且必能打下它来！不过，我们必须用一套新的打法，以期必胜！我们不是在这密密层层的群山中开辟了道路，做了工事，挖了坑道吗？我们也要创辟新的战术，做出新的战斗方案，挖掘一切心智与力量！我们是受朝鲜人民热烈支持的中国人民志愿军，我们必须有远大的理想，要求日新月异的进步！这么一想，他痛快起来，飞步跑回营部。

他找了一张大纸和一管红蓝铅笔，用心地画出镰刀形的"老秃山"，而后微笑着计划强攻的具体办法。忘了痛苦，他感到一种新的充实与快乐。

他一直坐到深夜。

与此同时，在那高级指挥部里，有多少干部抱着小小的油灯，在研讨每一战斗的经过，总结出经验。有多少人正钻研马克思列宁主义的政治理论、毛泽东的战略战术思想和苏联的先进军事理论与经验。有多少专家在研究新的武器与新的技术。

我们的战士，即使是在前线，每天也需学习文化。

这样，贺重耘的努力前进不是绝无仅有的，不过突出一些罢了。可是，难道一位英雄营长不该事事带头，走在最前面，而该落在别人的后面吗？

过了四五天，团长召集全团的营以上的干部会议。贺重耘想到，这必与攻打"老秃山"有关系。訇的一声，他的手心出了汗。他已熬了三夜，可是还没有把强攻的方案完全写好。

到了团部，一看，各营的干部都来了，他的红扑扑的脸一下子变白了，煞白煞白的。只有在他打完一仗，已筋疲力尽的时候，他的脸才会这么白得可怕。他不会掩饰自己的感情，极怕团长把攻取"老秃山"的任务交给别人，而不交给他。

假如说，团长把任务交给了二营，贺重耘必定会带头欢呼："我们信任二营！"这是一位英雄营长应有的风度。但是，尽管是这样，他心里可不会好受。他怎么回营见他的战士们呢？凭一位英雄，而没能得到最艰苦的任务！他一定不会像黎芝堂连长那样的闹情绪、发脾气，可是他的心里会疼痛！

再说，前几天他严厉地批评了黎连长，并且既是雷厉风行地，可又循循善诱地，教战士们苦学苦练。假若这次得不到强攻的任务，战士们会怎么说呢？他们一定会垂头丧气地表示：苦学苦练干什么？用不上啊！他深知战士们的心理，他们不怕吃苦、不怕流血，而怕坐在一旁看别人打大仗。

洞子不大，很闷气。贺重耘很想出去一会儿，见见凉风。

可是，乔团长、庞政委和程参谋长走了进来。

贺重耘心里说："命令就是命令，没有选择！"

团长的脸上特别严肃，可是眼睛好像很疲倦，所以眼神不那么厉害。

庞政委的样子也像一两夜没有睡好，还是那么安详，可是有些疲倦。

程参谋长还很精神，可是似乎有点勉强，他的白眼珠上有些红道道儿。

贺重耘不错眼珠地看着团长的脸，烛光的跳动使那个长大的脸上一会儿稍明一点，一会儿又稍暗一点。

团长发言。他的声音比平常说话的时候高了一些："同志们，我宣布，上级已经批准，进攻'老秃山'！"说到"老秃山"三个字，他的眼神忽然又厉害起来，像静栖的大鹰，忽然看见一只可以捉俘的小鸟。

洞里所有的人都挺起腰来。好像忽然刮进来一阵凉风，没人再觉得气闷。

团长继续说："这个任务是光荣的，也是艰苦的。干部们、战士们屡屡反映意见，我们都考虑过。可是时机未到，又没得到上级的批准。现在，时机到了，就看我们有没有必胜的决心了！"团长在人民的部队多年，知道怎么鼓舞群众。

干部们像战士们似的，不由得高呼出："好呀！"

团长笑了笑，然后按照前几天对贺营长所说的说明了为什么时机已到。然后，他说明：这次进攻只许胜，不许败！一次攻不上去，就再攻，再攻，再攻！攻下来，要守住！以前，我们的友军攻下过六次，可是都在大量杀伤了敌人以后，就撤下来。那时候的目的就在杀伤敌人。这次可不同了，我们要一鼓作气攻下来，永远守住！

烛光不大亮，可是每个人都设法调动着笔记本，多得点亮光，把团长的话逐字逐句地记下来。只有贺重耘不做笔记。他写得太慢，不如极用心地听明白每句话，死记在心里。同时，他非常难过，还没能把作战方案完全写好。

团长继续讲，这必是个有百分之百的准备的战斗。什么都要准备好，什么都要检查几遍。"我命令你们，一切都须亲自动手！今天散会后，你们的任务不仅是把我的话传达下去，而是你们自己要按照我的话去做！仗打好打坏，责任是在你们干部身上！"团长故意地停顿了一小会儿，他知道某些干部往往只管传达，而不亲身带头去工作。然后，他说下去。他说：关于物资的供应，师和团有充足的准备，必定做到前线要炮有炮，要干粮有干粮，要担架有担架，要药品有药品……"我们不是去偷袭一下，而是大规模地强攻，连开水都要准备好一百几十桶，战前运到前沿去！"

听到这里，有个人不由得说出来："我们感激上级！"

贺重耘往四下里看了看，想找到刚才说话的是谁。没有找到。他可是看到好几个不到二十五岁的青年，有的还没有刮过一次脸。他心里说："恐怕你们不晓得打游击战的时候，有多么艰苦。那时候，发一炮都要请示多少次！我们应当感激上级，更应当感激祖国人民捐献了那么多飞机大炮！"这些话只在他的心中一闪，很快地他又聚精会神地听着团长的报告。

团长指示：关于炮兵的使用，明天开步炮协同作战会议，定出方案。后勤工作是艰苦重要的工作。前后左右都是山，运输全靠人力。一开火，敌人必用炮火加紧封锁我们的交通线，运输工作人员的损失也许比步兵还大！中间还有那条驿谷川营和连的战勤组织原样不动，团里再给添上一倍的力量，专管由阵地到山下的运送弹药与抢救伤员的工作。然后，由团与师的战勤组织分段接运，分段包干。

不准丢掉一个伤员、一位烈士，是我们永远不变的原则！

关于"战救"工作，师和团将拿出一切力量，由阵地到医院逐步设站。通信工作必须组织得空前的严密！弹药、物资、药品，明天就开始往前运送，以便做到战前分散运送，战时集中使用。

每一部门都需做出政治工作方案和实际工作计划。按照我们现有的条件，我们还不能完全做到全面科学化、现代化，可是我们这次要尽可能地打个科学化、现代化的好仗。

休息三分钟。大家很快地出了洞口。头一口凉气，使他们快意地颤抖了一下。有的人张开口贪婪地吸入那清凉甜美的空气，浑身感到舒畅。

远近没有一点声音和一个灯亮，只有黑黑的，树木被打光了的群山。寒星在黑的上空轻颤。

贺重耘是最后出来的一个。他不大愿休息，他急于想知道他的任务是什么，和到底强攻"老秃山"的任务落在谁的手里。

7

"我们采用什么战术，才能一鼓作气攻下'老秃山'呢？"团长在外边吸了几口新鲜空气后，又有了精神；他已三四夜没有正式睡觉。

贺重耘的心跳得快了些。

"参考着以前友军攻打这个山的经验，加上军和师首长的指示，我们决定采取缩短纵深、多路突破的战术。"贺重耘早已想到了"多路突破"。他现在正起稿的作战方案，就是分五路猛攻。对"缩短纵深"，他可是还没有想到。

"这个战术并不新奇，可是在咱们团里，还是第一次使用。因此，我们首要的是打通战术思想，不要以为老的经验都是好的，一成不变的那是保守，保守必然落后！"说到这里，团长看了贺重耘一眼。贺重耘想起前几天在团部的会谈。

往详细里说，团长的意思是这样：以前，我们惯用"头尖、腰粗、尾巴长"的兵力使用方法。这就是说：我们前头的人少，中间人多，后面有充足的准备力量。这也就是说：我们用少数人突破敌阵，打开一个缺口，而后节节推进，随时补充。

这个方法不适于攻打"老秃山"。山小，敌人的炮火强，我们若是只在一两处突破，就很容易被敌人的集中火力给阻截住。我们必须多路突破，使敌人的火力不易集中。万一有一路受到阻截，还有其他各路分头进攻。突破了，我们就迅速铺开，四面八方同时攻击，插乱敌人的防御体系。

为了突破后可以一齐迅速投入战斗，全面铺开，我们要剪掉"尾巴"，说上就一齐上去。要不然，敌人会用炮火切断我们的"尾巴"。这就叫"缩短纵深"。

这就是新战术与我们以前惯用的战术的区别。所以，团长指出，要打通战术思想。

"我们进攻，只打算用两个连的兵力。"团长又看了贺重耘一眼，并且笑了笑，好像是说，经过反复考虑，使用两个连并不算多。"人既不多，上去以后就得各奔目标，全面铺开；不等敌人还手，就把他们全都压倒！"团长吸了一口气。

贺重耘的脸红起来，眼发了光。他正在草拟的方案和团长的指示结合起来，就成了个完整的作战方案。他高兴，新打法找到了他愿意去试用这个新打法，几分钟冲上主峰，几分钟全面铺开，哪里都在进攻，遍山都在战斗；半点钟，至多是一个钟头吧，结束战斗，全歼敌军那该是多么勇敢、多么新颖、多么漂亮，多么科学的一场恶战啊！他愿意去打这样的仗打完，他将有新的经验，报告给全师全军，乃至于全志愿军那该是多么光荣、多么有意义啊！

"注意！"团长提高了声音，"说起来容易，做起来难。首先我们必须深入宣传这个战术思想，思想没打通而去冒险试验，必定失败。我们不是去试一试，而是满怀信心地去用这个方法一下子解决了敌人。

我们的宣传工作必须和战术思想密切结合，使每个参加战斗的都明白、确信，而且的确会用这个战术。所以，下一步就是学习，每个人在战前都要学习好他所需要的技术。这是最重要的准备工作，要做到事事明确、人人摸底！等一会儿，庞政委会还有指示。我们的方案是可以修改的，精神可是不变的——不准备十足，不打！现在我宣布……"

贺重耘咬住自己的上嘴唇。

乔团长宣布了炮兵指挥，团的战勤委员会等的名单。然后，他宣布：本团一营担任强攻，攻下来，由二营担任坚守。三营守备原防。

大家的眼光都集中在英雄营长的身上，都相信他必能胜任。他真诚地和善地向大家笑了笑，表示感激。他伸过胳臂，拉住二营营长李赋纯，用力握了握手。

乔团长宣布：马上调回一切出去作报告和出差的人，迅速归队。

团长坐下，贺营长要求发言。得到允许，他极诚恳地对团长说："请首长放心，我们一定保持荣誉，坚决攻上'老秃山'！"

二营营长是个细高个子，不大爱说话。他也立起来："首长，一营攻下来，我们二营一定和阵地共存亡！"庞政委做了政治工作报告。

散了会，已是深夜。贺重耘独自向团长要求，亲自带领突击队，攻取主峰。

"那不该是你的事！"团长因疲倦而有些发急。"你应该在指挥所里指挥打地堡，突破铁丝网都无须你自己动手。"

"我不是要跟战士们争功，是为保证打好了仗！"营长的脸红起来。

"这次作战，各级都推进一级：师长到团指挥所来，团参谋长到营指挥所去，正副连长和指导员去指挥各排，你还不放心？"

"我的地形熟、经验多，战士们信任我。这是个新打法，我去有好处！"

"以后再说。你先去拟订强攻的计划吧！我刚才说的是原则和决心，你需做好具体的作战方案！"

"已经差不多了！"

团长点了点头："贺营长，把它赶快写出来，交给我，越快越好！"

"团长答应了我的要求？"他说得那么诚恳，团长几乎要点头。可是，团长马上矫正了自己的冒失。

"这个事，我得请示上级！明天——啊，今天晚上见！"是的，时间早已过了半夜。

贺重耘飞跑着回了营。这时候，他再也不受什么身份地位的拘束，他要飞跑。满腔热血催着他跑。没有任何东西阻碍得住他。他要冲破一切困难危险，去打下"老秃山"！

娄教导员散了会就回来了，所以先到了营部。他可是还没睡，眉上皱纹很深，带出疲乏不堪的样子。

贺营长一进来就先抓住娄教导员的手，用力地握了几握，没有说出什么话来，因为还呼呼地喘气。

娄玉林笑着点点头，领会到营长内心的欢悦。

喘过气来，贺营长恳求："教导员，给我画一张'老秃山'的平面草图，我的手笨！画完，你就睡觉！"

"你也该睡了！"

"不打下'老秃山'来，不睡！打下来，连睡三天三夜！这是我的规律！"他笑了，笑得那么天真，连娄玉林也不得不强打精神陪着他笑了一阵。

趁教导员画地形之际，贺营长去叫电话。

"干什么老贺？"教导员问。

"把喜信告诉……"但是，他马上矫正了自己，放下了电话耳机。他不应这样随便地传达上级的决定。不过，他还没法完全控制住心中的喜悦，自言自语地说："一辈子，能赶上几回这路事呢！硬要在六七十挺机枪的缝子里攻上去，是要点真本领啊！"

娄教导员把地图画好。

"你睡吧，我不会吵你！"

娄教导员一歪身就睡着了。

营长坐下，眼看着地图，心中可还想着刚才要给各连各排打电话的事。

他首先想到：黎芝堂若是听到这个好消息应当如何欢喜。他也想象到：黎连长必定会要求攻打主峰的任务。他仿佛看见黎连长已立在他的面前，虎眼圆睁，诚恳急切地要求："营长在作战方案上写上我攻主峰，写得大大的！"营长不由得笑了笑。他的想象中的回答是：

"你不行！我知道你不会打这一次的仗！"他喜爱，也不放心黎连长。

"怎么？营长不信任我了吗？"营长想黎芝堂必会这样问。

"我信任你的勇敢、坚决、忠诚！可是，你必须学习！"营长又笑了笑。"学习，学习，黎芝堂得学习，大家都得学习！"

晚间，举行了党、团委扩大会议。

乔团长和庞政委又作了报告，说明攻打"老秃山"在军事上与政治上的意义：粉碎敌人的冒险登陆进攻；大量杀伤敌人，消灭敌人对我的威胁；证明我越战越强，要攻就攻，攻下能守；创造战斗的经验庞政委强调地指出：这次战役，和过去的一样，要以党、团员和功臣为骨干，去打个硬仗。

新的战术思想，新的光荣，新的责任，使到会的人都感到一种对新的伟大时代的兴奋。他们不止于去英勇地打一个仗，而是还要以身作则地带动别人，用党的光荣与光明照耀着全排全连全营全团全师，都肯去用血汗与生命争取做英雄！大家热烈地发言，表示态度：把无名高地打成个有名高地！

要攻得下、守得住，争取做能攻能守的英雄部队！打好一个知己知彼，有足够准备的与十分把握的漂亮仗！

只许当英雄，不许当孬种；攻击要当英雄，守备要当英雄！

学习战术技术，艺高胆大，打一个有足够准备的，有十分把握的歼灭战！

在战斗中有勇无谋不算英雄；讲战术，讲办法，才能在"老秃山"上打个出色的漂亮仗！

不中断指挥，一边打一边调整组织。

战场鼓动，人人开口，个个鼓动，不打哑巴仗！

指挥要和鼓动结合！

严格执行战场纪律，人人维护，个个遵守！

担任后勤工作的提出保证：

一切为了前线，一切为了伤员，一切为了胜利！

阵地运输与担架工作者保证：

上运弹药，下运伤员！

不丢掉一个烈士、一个伤员！

担任医疗的要：

医疗适当及时，减少残废率，死亡率！

…………

有一项决议，就增加一分对任务的明确，与争取胜利的决心。要使事事明确，人人摸底，就是大家在会后的责任——普遍地、及时地、深入地、不间断地、随时随地随人进行鼓动宣传。

8

白天，山中仍不见一个人影。在山沟里穿来穿去的是寂寞无聊的冷暖不定的小风。上面，从海洋飘来的黑云，一会儿压在高峰上，一会儿又随风散开，露出清新的蓝天。有时候，来一小阵斜风细雨，可也有时候飘下几片雪花。

外边虽然那么静寂，冷热阴晴不定，在坑道里却是另外一番情况。干部们、战士们都在极度兴奋紧张中讨论上级的指示。山洞里的热情像多少股红热的钢汁，一旦流出去就可以冲倒"老秃山"。

军事的民主把我们的战斗意志凝练在一起，成为钢铁。有些有顾虑的坦白了顾虑，从而消灭了顾虑。有些思想不正确的受到批评与鼓励，端正了思想。有些有计策的献出计策，有些有经验的拿出经验，有些有意见的提供意见。这样，在执行命令之前，就有了充分的准备，丰富了完成任务的知识，加强了完成任务的信心。

常若桂班长连"够呛"都顾不得说了。现在无须发泄感情，他要把所有的兴奋欢快都积存在心里，等打下了"老秃山"，在主峰上边去欢呼几声！

白天，他参加各种会议；夜晚，他已开始往河东运送弹药与物资。在开会的时候，他不多说话，只把疙疙瘩瘩的大手放在膝上，眼珠在长而大的眼眶里移动着。移动一会儿，他盯住一个同志，好像是说："小家伙，该你表示态度了，做个英雄，还是当孬种！说吧！"

但是，只要一开口，他就说对了地方。他有经验，有热情，而且肯用心思。"我说，搞运输不怕忙，就怕乱！一时一刻不能没有指挥，没有组织有了伤亡，赶紧重新组织起来，不怕组织小，就怕乱七八糟！"还有，"过封锁线的时候，该快就快，该慢就慢，可千万别犹疑不定，拿不准主意！炮弹专打拿不定主意的家伙！"

他的话永远是这么简单而有力量，深深地打入大家的心里去。

刚一听到传达报告，他就去见连长，要求任务：战前，他往前线运送东西；一开火，他到阵地去。"我保证上运弹药，下运伤员跑不动，我走；走不动，我爬；有口气，我就不离开'老秃山'！"

连长答应了他的要求。团的运输连本来是要配给营里一部分力量的。

得到这个任务，不论是走路还是躺着休息，他总想着问题。按照党的号召，有勇无谋不算英雄啊！他得有多少汗流多少汗，有多少心血就费多少心血。光流汗而不动心思，至多只能算半个英雄！

他的头一炮就露了脸。把弹药送到前线仓库，他提供了意见："把弹药分分类，按类安放，别乱堆一家伙！这样，一开火，前线要什么，咱们伸手就拿什么，省时间！这不叫科学方法吗？"

管理仓库的采用了他的意见。

另一个问题，还没能解决。他想：从战场上往下运伤员，怎么能又快又稳，不教伤员痛苦呢？一个担架要三个人抬，不经济。山陡，担架不灵便，伤员也不舒服。一个人背一个呢，既省人力，又快当。可是，光溜溜地背不行啊，背得费力，伤员也不好受。怎么办呢？

运送东西的第三天夜里，在谭明超的小洞外边，他遇见了唐万善上士。天很黑，二人打了个对面，一齐问出来："谁？"上士先听出口音来，又靠近了定睛一看："你呀？班长！"

"你干什么去？"班长问。

"事儿可多啦！"上士得意地说，好像他是打"老秃山"的总指挥似的。把嘴放在班长的耳边，他得意而机密地说："去看地形！看地形！"口中的热气吹得班长的耳朵怪痒痒的。

"你看哪一门子地形？"

上士笑着说："你看！你看！我怎么不该去呢？战前，我得监督着炊事班蒸好五百斤面的馒头，烧三十大桶开水！光这两项事，就能把你吓昏了！锅是那么小，又没有合规格的笼屉！非发明创造不可啊……"

"你干吗说去看地形！"班长不耐烦了。

"是呀！一开火，我带领炊事班、理发员、文书，全上阵地！上运弹药，下运伤员！我怎可以不先熟悉了地形呢？当初，马谡失守街亭，还不是……"

"你的话怎这么多呢？问你，你怎么往下背伤员？说！"

"有了新的创造哟！你不常到伙房去，见闻不广！我问你，装炭、装米，都用什么哟？"

班长恍然大悟："你配做个志愿军！我原谅了你爱多说话！麻袋四角安上带子，像背小孩似的兜住伤员，既牢稳，又舒服！我采用你这个法子！去吧，看地形去吧！到铁丝网跟前，可别出声！"

"我还不至于那么爱说话！"

二人分道而去，一个往东，一个往西。班长恨不能一步走到家，搜集麻袋。

常若桂下了交通壕，没走出多远，迎面来了个人影。影子先出了声："口令！"

班长听出语声来："去你的吧！小家伙！"班长刚得了那个利用麻袋的窍门，心中十分高兴。

"走了几趟啦？老头儿！"谭明超跑过来。

"再叫我老头儿，我像扔手榴弹似的把你扔出去！小鬼！"

"别生气，班长你来看看我的发明！"谭明超的灵巧的手拉住班长的大粗手，往壕沟墙上摸。摸到靠墙的许多条电线，又摸到些布条子挽成的疙瘩，班长问："这算什么发明？"

谭明超淘气而得意地笑了。"你不知道，这几天我们添了多少条电线！一个新的电话网：一个指挥所通到一串指挥所，一个观测所又通到一串指挥所……多啦！多啦！线是这么多，要是有一根断了，怎能快快地查出来呢？"

"嗯！是个问题！"

"所以呀，我把它们分成组，每一组都用布条扎起来，有红的，有白的，有黑的……不就容易检查了吗？你摸着的这个是红的，是观测所组的。"

"你能一摸，就能摸出颜色来？"班长惊异地问。

"很简单！"谭明超级快地用舌尖左右开弓舔了舔嘴角。他的嘴角前几天已经好起来，这两天一忙，又破了，而且不止一边。"白天看颜色，黑里摸疙瘩，疙瘩的数目不同啊！"

"小伙子，你行！你肯用脑子！"班长不轻易夸奖人，可是现在觉得他有责任鼓励这么好的一个青年。

"有脑子不用，长着它干什么呢？"小谭骄傲地向上斜了斜眼。好在天那么黑，班长不会看见。"我还有喜事呢！我已经完全掌握了步行机，赶到真打起来的时候，我调到无线电组去，可能给英雄营长贺重耘当电话员！嘿！"

常班长想了想，才说："营长未必上阵地吧？"

"怎么？"小谭着了急。

"他是营长啊！"

"那，那……"谭明超急得说不出什么来了，盼了星星盼月亮，好容易有了希望，可能随着一位英雄上战场，可是常班长不大会安慰人。一看小谭真着了急，他不知该怎么办才好。结结巴巴地只说出："你，你自己，自己也能当英雄！"说完，扯开大步就走。

小谭的确有些失望，可是离懊丧还远得很。他依旧紧张地工作着，用工作解除心中的不快。

他不能不紧张，因为四面八方的壕沟里全是人，个个出着热汗，用着心智，为即将来到的大战做准备。弹药、木材、药品、饼干，往前运；高射炮、迫击炮，往前推进；看地形的，一组跟着一组往前走；干部一个跟着一个，采选指挥所、观测站、包扎所，炮兵阵地最合适的地方……人像河流，不因在黑暗中而停止流动，依然一浪催着一浪。谁都知道，并且深信：战前多流一滴汗，战时少流一滴血。

在壕沟尽头，离小洞子不远的地方，小谭遇见了闻季爽。这使他把刚才的不快全忘掉，真诚地愿意听听好朋友有什么新的成就。

闻季爽是志愿参军的学生。样子还有点像个学生，可是没人敢说他不是个好工兵。眉眼端正，匀称的中等身材，他是打篮球的好手。

"下来！下来！"闻季爽非常兴奋地说，"来试试我的浮桥！"

工兵们预计到，一打起仗来，那座木桥就不定一天要炸坏多少次。当然，他们会随炸随修；可是，在修理的时候，势必两岸挤满了人等待过桥；那很危险。所以，闻季爽建议造一座浮桥，辅助木桥，使交通不至于完全断绝。

"可是咱们没有机器把缆绳绷紧！我呀，想起乡下车水的辘轳，用它绞紧了绳索！一边像在菜园打辘轳，一边打仗，多么有趣呀！"

小谭十分佩服小闻的发明，甚至不敢说出自己的布条分组法了。

"毛主席有一句诗——"闻季爽兴奋地说。

"毛主席的？"

"毛主席的！'大渡桥横铁索寒'！这里不是大渡河，也没有铁索，可是搭浮桥的思想是由这句诗得来的！"

"毛主席万岁！"谭明超级严肃地轻喊。

"毛主席万岁！"

贺营长真的忘了睡觉。首先，他把作战计划写好，交给了团长。然后，他准备一切该准备的。只在困倦偷袭上来的时候，他眯个小盹儿，而后忽然惊醒，揉揉眼，笑一下，马上干活。为了胜利，他忘了自己。

他管练兵和组织侦察地形——主攻部队的干部，由连长到小组长，都需在打响以前，至少看四次地形。参谋长管理物资和营部的事务，教导员管政治工作，副教导员管后勤工作。他们是这样分工的。尽管是这么分了工，贺营长的心可是拴在每个战士的身上。他爱每一个战士，所以唯恐任何一个战士还有什么顾虑。只要一有空儿，他就跑到连里排里班里，去面对战士。对每个战士，他先说出自己的决心。他使大家感到：营长不是来训话，而是跟他们谈心。在他心里，根本没有"形式"和"手段"这类的词汇。他和战士们谈话，没有任何一定的形式，不要一点手段。战士们只觉得面前是一个英雄，一个营长，一个阶级弟兄，一个真朋友，一个可爱可敬可信靠的人。

每逢由战士们那里回来，他必定和娄教导员"对一对账"。

"今天怎么样？"

"表面上情绪很高，可是骨子里还有！"

"你说对了！教导员！"贺营长不是只准报喜，不准报忧的人。他敬爱教导员，因为教导员既能发现问题，又肯抓住问题去设法解决。他决不粉饰太平！"一个战士，谁肯当着别人说出自己的软弱呢！"

"不说出自己的软弱，可就无法坚强起来！咱们要抓紧时间，找典型！教最好的，像功臣和模范，发挥出最好的影响；教最不行的，像犯过错误的和毫无作战经验的新同志，都自信能去立功！"

"好！告诉各连指导员们照这样准备，马上动手，咱们帮助他们。"

"三连长老黎也还……"

"他已经是铁，可是不知道怎么把自己变成钢！咱们帮助他！"

乔团长打来电话，问看地形的情形。

"已经普遍地看了一次，还要继续去看。"

"至少看四次！现在就可以开始摆沙盘了，每班一个！参考着你的计划，我们已把作战方案搞好，马上派人送过去。按照方案，结合看地形的心得，明确每个人的任务，想出进攻的办法，保证胜利。营级干部要到每一班去，看他们怎么搞沙盘作业。必须想出所有的可能遇到的情况和克服困难的办法！必须做到人人发言、事事讨论！有谁不热心地、不认真地做，谁就是还不信任新的打法，马上进行战术思想教育！"

放下电话耳机，贺营长笑着赞叹："好办法！好办法！"听到一个有利于进攻的指示或建议，他真从心眼里喜欢！他几乎一字不差地把团长的指示告诉了教导员。"你给一连二连打电话，我到三连去。"

....

黎连长的脸累瘦了一圈，圆虎眼显得更大了，眼珠子好像要弩出来！他不怕劳苦，只怕执行命令不严格、不彻底。

可是，他心中不完全快活。对上级指示的新战术，他日夜思索，愿意一下子把它掌握住。不过，记忆中的那些作战经验，像赶不走的苍蝇，老使他觉得无论如何也用不好那个新战术。这使他发急、动气，恨自己的愚笨。同时，他又不能完全否定那些老经验，甚至因珍惜那些老经验而怀疑新的战术。可是，怎可以怀疑上级的指示呢？他感到痛苦！

看到营长，他详细地报告了过去几天的工作。他满意自己的报告，因为他做得是那么丁是丁，卯是卯，没有任何敷衍了事的地方。然后，果然不出营长所料，他问是否派他们连担任主攻。这是他早已想好的问题，而且极怕因掌握不好新战术而得不到这个光荣任务。

"作战方案就要下来。"营长低声慢慢地说，"我们决定你们连担任主攻！"

"那太好啦！太棒了！"连长天真地笑了，脸上有了光彩，"我保证完成任务！"

"有什么困难没有呢？咱们扯扯！随便扯！"营长知道对这样的一

个猛士用不着激将法，而需彼此谈心，慢慢发现问题。

黎芝堂低着头，猛吸了几口香烟——本想断烟，这几天太忙，又忘了。营长也一声不出。他知道黎芝堂只要把话想好，就一下子都说出来。

连长又吸了两口烟，而后抬起头来，圆眼正视着营长。"营长！我对不起你！"

贺营长深知这句话的底细。以前，他做班长、排长的时候，他常对上级首长这么说；现在，营以下的干部常对他这么说。这是句最可尊敬的话。一个战士或一个干部不论吃了多少苦，出了多少汗，流了多少血，只要心中稍有不满足，就会说："首长，我对不起你！"没受过高度爱国主义教育的，没有高度忘我精神的，说不出这么纯洁自咎的话来。

营长用和善的同情的眼神鼓励他往下说。

"对这个新战术，我没有办法！"连长一语道出心事来。

"不是没有办法，是还没弄清楚。志愿军永远不说没有办法！"营长和悦而严肃地说。"你看，我刚才还跟教导员说：你已经是铁，只是还没有炼成钢！怎么变成钢呢？得永远不怕接受新东西！咱们志愿军就是这么一天一天长大的，不是吗？说说你的顾虑，我不会小看你，我是要你多添新本事，越长越大！"

"按着这个新打法，一拥而上，然后各奔目标，各干各的，我没法子把握部队。"连长说出具体的顾虑来。

"是呀！按照老办法，咱们在阵地上看着战士们，好像老师看着一群小学生似的，唯恐一眼不到就出毛病。可是，把战士都放在自己眼皮底下的办法打不了'老秃山'！团长不是说过，不准备好不打吗？

炮弹、开水什么的，好准备；难准备的是战术思想！你要准备！准备！准备！使你自己跟每一个战士都相信这是好战法，然后教每个人都的确知道由哪里上去，往哪里走，先打什么，后打什么。教每个小组的组长都会指挥，更不用说班长、排长了。这样，就不必，也不许，把战士放在你自己的身边。那是落后的办法！"

"对！"连长心中有了点底，可是，"那么我上去干什么呢？"

"连我还要上去呢！"

"营长，你也上去？"黎芝堂是那么佩服营长，心里觉得营长一上去，十分钟就必能结束战斗。

"上级还没批准，我要继续要求！"

"要求！要求！有营长你看着我……"

"你的老思想又回来了！"营长微微一笑。

"可不是！"连长笑出了声。

"你再好好地温习温习团长的指示吧！从那里，你会发现我们上去干什么！现在，你要好好地搞沙盘作业，每一班都要做。从大家的讨论里，你会看出他们的思想情况。沙盘作业搞得差不多，我们就开始战前大演习。记住：准备！准备！准备！就是这样吧？"

"就是这样，营长！"连长十分感激营长，可是不肯多说什么不必要的话。

9

还没出战，已经有人先立了功。这使全团的人都惊讶、兴奋！

是的，我们的主攻部队的骨干人物都去看了地形，每个人的手都摸到敌人阵地的铁丝网，每个人的脚都认识了到达铁丝网的山路，每个人的眼睛都看到了一部分地堡的形式与位置。这样，我们心中的"老秃山"就比军用地图上的更精确可靠了——经过从前的五六次争夺战，不但山上的树木已被打光，连地形也变了许多：高的地方变低，低的地方变高，上面的土陷进去，底下的土翻上来；新的工事修起来，旧的工事埋在下面。

可是，我们只能看见有铁丝网的这一面；山的背面是什么光景呢？没人知道！

一位步兵排长和一位炮兵副排长绕到敌后去侦查。他们怎么去的？什么时候去的？在哪里和怎么存身？我们都不应当随便透露。他们的危险与大胆是我们可以想象出来的。不必多说，只需设想敌人发现了他们吧！那，他们一定不会束手待俘，也永远不会回来了。他们必定用末一颗手榴弹和敌人同归于尽！他们在出发前就已下了最硬的决心。

他们安全地回来了，把敌后的光景报告给首长。"老秃山"的全景就这么被两位功臣，冒着生命的危险，给添补完全。

赵作新排长和柳常振副排长两个光辉的名字和他们的功绩，在团的通报上传遍了全团。

这使所有的人更进一步地理解了，为什么参加这一次战斗的必须智勇双全。两位功臣不仅是胆大包身，而且是心细如发。他们在背腹受敌的地方，多咳嗽一声，就会全局失败！战士们也更进一步地体会到，这一战斗的确是要打得精密准确，绝不许粗枝大叶！

可是，这还不能满足首长们。到底山上有多少兵力、多少火力呢？隔着那么多的铁丝网，我们没法子完全看清楚一切。我们看见了能看见的地堡，我们看不见的还有多少呢？必须抓到俘虏，用俘虏的供词对证我们的观测。

上哪儿抓俘虏去呢？敌人不轻易地单个儿出来，我们也无法摸进密密层层的铁丝网去。

好像从天上掉下来的，竟自有一排敌兵不但出来，而且侵入我们的阵地。看样子，他们不是要偷袭我们一下，就是来侦察地形；他们带着九挺轻机枪。我们的哨兵报告：一排敌人，九挺机关枪，沿着河北岸向西前进。他还想补上一句：很可能是敌人搬家！可是没敢说。

我们派出一班人去。一个小组迎击，其余的兜后路，解决了全部敌兵。在事后搜索，发现了一个敌兵藏在个小洞里，被我们活捉回来。

师长要亲自问话。乔团长赶快到了师部。

俘虏史诺是个将近四十岁的连上士，头顶光光的。他的个子不高，可是肚子很大，走路有些吃力——所以他不肯逃跑，而藏在小洞里。他的鼻子不很高，鼻头上红红地发着光。一对灰蓝色的眼珠常常定住，露出点傻气。

他参加过第二次世界大战，有些作战经验。这次出来是给排长保镖。排长年轻，很怕出来遇见志愿军，所以带了九挺机枪之外，还带着老史诺做军师。

团长到了师部，俘虏还没押解到——大肚子史诺走不快。

师长、师政治委员、副师长，都已来到一处，而且带来了翻译员。

李师长很高兴，不住地说：幸亏是个跑不动的大肚子，要不然也许死在那里。好难得的机会，好难得……

师长四十岁上下。正像一般的四十岁左右的人，脸上的肉不松不紧的，看起来很舒服。身量不高，全身都那么敦敦厚厚的。重眉大眼睛，脸上经常带着笑容，他的风度很像一位大学教授。由他的相貌与风度上看，就可以断定他是用兵极稳，时刻关心着战士的甘苦的一位将军。比起师长来，邵政委倒像一位能征惯战的猛将。高个子，说话嘹亮干脆，绝不拖泥带水。事实上，他是颇有学识的知识分子。在部队生活久了，他已脱尽知识分子的习气，把自己锻炼成个爽爽朗朗，心口如一，政治修养与军事修养兼而有之的人。

以一位副师长来说，陈副师长很年轻，不过将过三十岁。不高的身量，他长得非常的秀气。他不大爱说话。别人交谈，他总是低着头像想着什么事情，轻易不插嘴。他爱思索，擅长作战指挥，并且严格地执行作战方案，丝毫不苟。所以，下级干部都说他打仗打得"狠"。他的眼珠极黑极亮，每每在那最亮的一点上发着含笑的光。

乔团长正趁机会向首长们报告战前准备工作，俘虏史诺被带了进来。

史诺的脸上满是汗。立住，他顾不得擦汗，先用灰蓝的眼珠偷看了首长们一眼。他很狼狈，很疲乏，很害怕，可是还带出一些美国兵特有的狂妄无知，目空一切的神气。稍微镇定了一点，他的狂傲更增加了一些，眼珠定住，偏扭着点头，表示他的倔强。他只由牙缝里说出他叫史诺，就不再开口。翻译员问他的部队番号，他低声而清楚地说："我是军人！"

师长教翻译员给史诺一支烟。史诺翻了翻眼，手颤抖着接过去。狂吸了两口烟，他又看了看首长们，清楚地看见师长的和善带笑的脸。他问了声可以坐下吗？他的腿已支持不住他的胖身体。

"可以。"师长说。

坐下，他叹了口气。然后，低着头吸烟，像在思索什么。

慢慢地他抬起头来，问翻译："我可以问点事吗？"

话被翻译过去。师长点了点头。

"你们要把我怎样呢？"史诺说出心中的顾虑。

邵政委简单明确地说："你是俘虏，我们宽待俘虏！"

史诺又低下头去思索。这次，并没有抬头，像是对自己说："他们是谁呢？连长？营长？"

乔团长问翻译："他嘀咕什么呢？"

翻译据实地传译过去。

"告诉他，比营长要大一些。"团长笑了笑。

史诺心里盘算：那个"大人"已比营长大一些，中间坐着的当然更大了！他不由得立起来，很规矩地向师长敬了礼。师长和善而尊严地看着俘虏。

史诺不敢坐下，相当急切地问："请官长们原谅我再问一个问题！"

师长说："只准你再问一句！"

"请问，你们都是共产党吗？"

邵政委爽朗地笑了两声："我们都是，而且感到光荣！怎么，你看我们不大像？"

史诺的略带傻气的眼看了乔团长一下。

乔团长得意地说："他看我像，首长们不像！"

"啊——"邵政委拍了大腿一下，"我明白了！自从十月革命起，美国大资本家所控制的报纸、杂志、电影和广播，没有一天不做反共宣传，永远把共产党员形容成最野蛮可怕的人，所以这个家伙，看见咱们的师长那么和善，就怀疑起来。乔团长，他看你像党员，你的身量和眼睛教你占了便宜！不过，你还赶不上美国电影里的牧牛童，你并不伸手就打人，无缘无故就开枪！"

史诺急于想知道政委说的都是什么，看一眼政委，赶紧又看一眼翻译。

"给他翻译一下！"师长告诉翻译。"补充上，我是老党员！"

听完了翻译，史诺慢慢地坐下去，低声自言自语："错了！都弄错了！"

"当然都弄错了！"邵政委说，"你亲眼得见，是谁把朝鲜的城市村庄都炸光，连妇女小孩也成群地杀害，看见田里一头黄牛就开枪！是你们？还是我们？"

史诺的大下巴顶在胸口上边，一动也不动。

"你家里有几个小孩？"师长突然地问。

史诺愣了一会儿，好像没把话听明白。然后，他急忙地向怀里摸，掏出一个小皮夹，急忙地打开，拿出一张小相片来。他忘了他是俘虏，忘了一切，一心只要看看他的儿女的相片，也教别人看看。他的脸上没有了愁容，灰蓝眼珠上露出欢快的光彩。小心地、亲切地，他把相片交给了翻译员，用带着细毛的手指微颤地指指点点："这是玛丽，十二，小脸就像苹果似的；这是小保罗，九岁，淘气惊人！给官长们看看，看看！"

首长们看了看照片。

师长点着头说："很好！我家里也有小孩！"然后，提高了一点声音说："史诺，我看，分别是在这里：为保护我们自己的儿女，和朝鲜人民的儿女；我们不惜牺牲自己，到朝鲜来抵抗侵略。你们呢，服从着大资本家和军阀的命令，抛下自己的儿女，来屠杀朝鲜的儿女！你看是这样不是呢？"

"官长们！"史诺立正，严肃有礼地说，"问我吧！爱问什么问什么，我知道的必据实回答！"他自动地说出他的部队番号。

"我问你，看样子你是个老兵？"

史诺插嘴："兵头将尾的连上士，参加过第二次世界大战，到过柏林。"

师长说下去："我想问你这个，照你的经验看，'老秃山'的防御工事有什么缺点没有？你有作战经验，你起码应当做个连长！"

"唉！"史诺叹了口气。不错，他有作战经验，可是他只能给年轻的、家里富裕的排长保镖！

"说说你的意见！"邵政委催促。

史诺低下头去思索，很想提出些意见，证明自己懂得军事。

始终没开口的陈副师长开了口："你们的一百二十五个地堡，六辆坦克，还有后面的隐蔽部，的确是……"

史诺又插嘴："不对！是一百九十五个地堡，八辆坦克！可是，你们怎么知道后面有隐蔽部？怎么知道的？"

"要知道就会知道！"副师长笑了一下，"你还没说你的意见！"

"别的我不知道，我只劝你们不要轻易进攻！一百九十五个地堡里，得有多少武器你们想也会想出来！还有坦克，还有迫击炮、无坐力炮、火焰喷射器、化学迫击炮、地雷！啊！还有暗火力点！"

"在交通壕里？"副师长问。

"对啦！你进交通壕，必受暗算！你不进去，地面上的火力会打中你！"

"就没有一点缺点？"邵政委问。

"我打过火仗，没见过这么坚固的工事！"

首长们又问了许多问题，史诺一一地回答。

史诺说的和我们观测的大致相符，没有太大的出入。现在山上的守军，他说，马上撤下去，由哥伦比亚营接防。

"好吧，你去休息吧！"师长看了看手表，已经快两点。

"你的东西都是你的；你没有的，我们给你！"

"谢谢官长！我真能得到宽大吗？"

"你最缺欠的是世界知识和政治思想，我们也会给你！"师长说。

"我想学！哦，那张相片！"

师长慢慢地说："拿去吧！应当给你家里写封信，告诉你家里放心，你是在我们手里！"

"官长们！你们都是真诚可靠的人！"史诺把照片放在怀中；放好，又小心地摸了摸。

"不真诚可靠，怎说怎办，不配做个共产党员！慢慢地你就会明白了！"邵政委立起来，活动着两臂。

"我放心了。"史诺的眼睛湿了些，"但愿战争早些结束，好回去看我的孩子们。"

"华盛顿和华尔街要继续侵略呢，"邵政委理直气壮地说，"我们就必定抵抗！我们也必定打胜，因为正义是在我们这边！他们愿意停战讲和呢，我们就乐于协商！我们热爱和平！"

10

已是三月中旬。冬与春的斗争更激烈了。趁着夜晚，冬把所有的泥和水都冻上，连白天汽车轮胎留下的印痕都照原样儿冻结好，有棱有角的像雕花似的。可是，只要太阳一出来，春就进行总攻，把道路化成一片泥浆。有时候，能有两三天，连夜间也无法上冻；春风日夜不息地鼓动着一切。于是，在向阳的山石下和田坎里，就长出嫩绿的小草。

田里的积雪已化净，土壤的黑色加深，发出些潮润的喜悦的光泽。该准备春耕了。离前线远些的志愿军守备部队已在商讨给朝鲜人民助耕的计划。

被派到友军作报告的廖朝闻副连长，得了火速归队的命令，就马上赶回来，一口气走了四十里。他走得满身泥浆，连脸上都带着不少泥点，因为正赶上春风在夜里还鼓动着一切的时候。

廖副连长至多也不过二十五岁，身量也不高；一张圆脸，下巴可是尖尖的；说话的声音水汪汪的轻嫩。看样子，他在大学读书似乎比在部队里更合适一些：他的一对聪明有神的圆眼，短小轻快的身体，无论是做科学试验，还是去打网球，都必能十分出色。

可是，幸而他参了军。他很会打仗。他已经独当一面地打过几次好仗。设若有人问他的作战经验，他会简单而幽默地回答："我腿快！"事实上，他不但腿快，他的心、眼、手也都快。一打起仗来，他就像一条被激怒了的豹子似的，勇敢而机警地往前冲。他的眼好像比枪弹还快，他的腿永远随心所欲地跑到最有利的前面去。"机关枪挡不住风啊！"他会说，"看准了，一阵风似的冲上去，你准胜利！看不准，腿又慢，哼，机关枪专打落在后面的人！"的确，打过那么多次仗，他一回也没挂过彩！

这也就难怪"尖刀第三连"的战士们常常夸口："连长是猛虎，副连长是豹子，还顾虑什么呢？迎着枪弹走也没事儿，咱们会吓得枪弹拐了弯！"

这也就是为什么姚指导员不等廖朝闻见到连长，就把他拉到很小的一个洞子里去。指导员先把党和上级的指示详细地说了一遍，而后极恳切地说："在你出去的这些日子里，黎连长极认真地学习。前几天，营长批评了他，指出他不热心学习文化、小看别人；他不但接受了批评，而且当众检讨了自己！"

"我们都应当好好学习！"

"就是他一带头，全连都受了感动，居然提出向二连六班学习的口号！"姚汝良的脸上亮起来，从心眼里喜欢述说这样的好事情。"赶到动员进攻'老秃山'以后，连长的脸都累瘦了一圈；他是真干！"

"连长永远是那样！"

"可是，他对新战术，还有顾虑。营长又细心地指示他，打通他的思想。我警告你，你要是随便说话，跟他乱扯，说什么打仗全凭腿快猛冲，枪弹会躲着你飞，他可就又会变卦。你知道，他的脑子受了伤，不大好使唤，你也知道，打仗不专凭猛冲，枪弹并不躲着你飞，不过那么说说好玩。看见他，你必须强调战术思想的重要，跟他一同学习！他最爱听你的话！你顶好先去看看营长，然后再看连长。"

"好！说走就走！我见营长去！"

"刚走了四十里，就不歇歇吗？"

"只要打'老秃山'，一夜走八十里也行！"廖朝闻笑着跑出去，脸上的泥点子已经干了，自己掉下去了几粒。可是，他还没出大洞口，迎面来了黎芝堂。坑道路窄，无法躲避，二人极亲热地握了手。黎芝堂把副连长扯回来。坐下，二人都先点上烟。黎连长用力地喷出一口烟去，然后说："要打大仗了！要打大仗了！"

"知道了！这回不把'老秃山'的秃脑袋掰下来，甭认识我！"

"对就凭咱们三连，那个秃脑袋就长不住！"

"一定！连长，我得先看看营长去，汇报工作，请求指示。"

"对！你去吧！关于战术，你可以问我，我会给你讲！老廖，你不知道，自从你走后，我学习得多么认真！我要向咱们的英雄营长学习，又有胆量，又会斗智！"

"我也要那样！用兵必得斗智，何况'老秃山'是那么不容易打！咱们得学会斗智，也教全连的人都学会斗智！"

"对！你简直跟营长的心意一模一样！你去吧！"廖朝闻往营部走，一边走一边感激姚指导员。他年轻，往往随便说话。不幸，假若因他随便说的几句话而浇灭了连长学习的热情，那会多么误事！什么是同志与同志的关系？不是经常地互相勉励，一同进步，而不是彼此标榜，一同甘于保守吗？

交通壕里的泥土也化了冻，很滑。可是廖朝闻的脚仿佛隔着鞋底就能摸到地上似的，准确而很快地走到了营部。

虽然已经深夜，营长可还没有睡。不但没有睡，他还把刚刚归队的两个战士叫来谈话。一个是新战士岳冬生，一个是曾经做过副班长，因借口炮烟眯了眼，不肯追击敌人，而被撤职的方今旺。两个人都刚由烧炭队调回来。

"你有没有顾虑呢？岳冬生！"

"我不怕打仗！"岳冬生回答。他是个方脸大耳朵的青年，才十九岁。

"你会打仗不会呢？"

"不会！没打过！连手榴弹也不会扔！"

"那怎么办呢？"

"老同志章福襄愿意带领我，他说三天的工夫就教会我四样本事：手榴弹、手雷、冲锋枪、爆破筒。他包教，我保学！回来在路上，我直发愁；现在不发愁了！我一定学好，他打到哪里我到哪里，不给老同志丢人！"

"好！你像个战士！去吧，好好休息一下，就赶快学本事，咱们要打大仗啊！"

岳冬生敬了礼，十分高兴地走出去。他没想到回来就能见到营长，而且得到营长这样的鼓励与关心！真的，受到英雄营长夸奖的，还不应当自己也去做个英雄吗？他下了打好仗的决心！

"方今旺，你怎样呢？"贺营长记得，也不很喜爱这个人。

"我……"方今旺回答不出，两眼不住地眨巴。他的瘦长脸上不轻易有什么表情，遇到问题他只会眨巴眼睛，眨巴得很快，令人心里不安。

"你怎样？说话？"营长有些不耐烦了。

"我……"方今旺还是回答不出。

"还是那个老样子，一点没改，是不是？"营长不轻易动气，可并不是不会动气。对于不求进步的人，他会发怒。

"我该做的都做了……"方今旺想为自己辩护。营长的脸红了一下，马上又变白；眼睛瞪出火来。"那就是你最大的毛病！教你做一尺，你连一分也不多做！你不知道自己是干什么的！记住，你是志愿军，不是别的！你拿着多少子弹，就用多少子弹，用光了完事！一个志愿军不那样，用光了弹药，他会拼刺刀；手榴弹用完，他会扔石头，他会去抢下敌人的武器！该做的，你都做了，哼！黄继光、罗盛教，都不是等下了命令才那么做的！一个朝鲜小孩掉在冰里，跟罗盛教有什么关系呢？没有人指挥他去救那个小孩！他那么做了，因为他是志愿军！敌人全村全村地屠杀人民，罗盛教为救一条小小的性命，牺牲了自己！他就是咱们这一师的！为什么祖国人民叫我们最可爱的人？就在这里！我们不是谁花钱雇来的，多走一步都怕不合算！我们用鲜血跟敌人拼，我们自己永远不算计！"营长的怒气冲上来，脸又红了。眼睛盯住了方今旺的脸，看了足有一分钟。

方今旺低下头去。

"我不跟调皮的人生气，因为他有聪明；把聪明用在有用的地方，他能做出漂亮事来。我也不跟笨人动气，只要肯学，笨人会学得结结实实，永远不忘。我自己就不顶聪明，我就是讨厌你这样的人，有聪明不用，有力气不使，你又并不笨！你心里没有志愿军的劲！你敷衍！干一会儿活，你看好几次太阳！你永远不肯下任何决心，总怕自己吃亏！给你三分钟，想一想，好好地想一想！"

方今旺依旧低着头，眨巴着眼睛落了泪。

就是在这时节，廖朝闻跑了进来。他用全身的力气向营长敬礼，表示他对营长的敬爱。他希望营长会亲热地和他握手。

可是营长还生着气，只说了声："回来啦！"

廖朝闻看了看方今旺，心里已猜到八九成，规规矩矩地立在一旁，不敢再出声。

方今旺慢慢地抬起头来，咽了两下才说出话来："营长！这次我下决心，做个最可爱的人！"

"怎么做呢？"

"不再说该做的我都做了！我要看见一块挡路的石头就把它搬开！"

"自动地？"

"是！"

"你是什么出身？"

"我父亲在城里开着个小买卖。"

"忘了做买卖吧！志愿军不要讨价还价！明白吧？"

"明白！营长放心好啦，我不再给部队丢人！"

"以前，你犯过错误，受了惩罚；现在，你要争取立功，再抬起头来！有功必赏，有过必罚，这是我们的纪律！不要老眨巴眼睛，把眼瞪圆，瞪着'老秃山'！你去吧，向全班的人表示表示你的态度！"

"是！一定！"方今旺敬礼，眼睁得大大的。

方今旺走后，营长沉默了半天，才露出笑容，又说了句："你回来啦！"

廖朝闻简要地报告了工作，而后请求任务。

"先去好好地阅读团长和政委的报告，再说别的。我们不准备好了，不打！"

11

可以想象到：连什么也不会的岳冬生和不够进步的方今旺，都下了决心，别人应该如何的热烈呢！是的，战士们已不大能够沉住气了。"怎么还不打呢？"不问不问，一天也要问几遍。

干部们，特别是班长们，一有空就去见连长，要求自己这一班当突击班。柳铁汉班长不但见了几次连长，还去见了营长，并且求教导员帮他说话。

这由翻了身的农工子弟所组成的志愿部队，不仅甘心为保卫祖国、保卫和平去流血、流汗，而且竞争着把血汗滴洒在最前面，争取做主攻的先锋。

小司号员郜家宝要求连长带他上战场，连长摇了摇头。

"战场上不需要吹号！你没有经验，你看家！"

"我要是老不上战场，怎能得到经验呢？连长，带我去吧！"连长又摇了摇头。

小司号员一天没吃饭。

卫生员王均化给好友出了主意："别不吃饭，再去要求要求，要求也跟指导员说说，请他帮你的忙，同时，把本事学好！"

"我已经准备好了手榴弹、冲锋枪，全会用！"

"别那样吹腾自己！连长怕你乱要武器，吃了亏。你跟他这样讲：'我随着连长，管发信号还不行吗？'连长必定会点头。"

"光打信号，我不干！我要打仗！"

"你真傻！打完信号，你闲着干吗？那么多的地堡，都留着教别人打？"

"可以那么办？"

"我自己就那么办！有一个伤员，我包扎一个；包扎完了，就打地堡；打了地堡，又看见伤员，就又去包扎！就是这样，两不耽误！"

"那太好啦！"

"赶紧上伙房，找点吃的去！"

最憨厚可爱的武三弟经常地笑着，露出一口洁白而可爱的牙来。他非常满意，在这么几天的工夫，听到那么多的道理，学到那么多的本事。他也切盼马上出战。每到要就寝的时候，他必问一声："今天不出发吧？"打听明白，他才能安睡；他很怕大家出发，把他剩下。

他只有一点顾虑：一出发，他怎么安置祖国慰问团给他的那个搪瓷碗。他极爱那个碗，因为它是祖国人民送给他的；每天，他要擦洗几次，不许它有一点脏污。向阵地出发的时候，他想，不能带着那个碗；万一把它碰坏了一点呢！不带着吧，万一他牺牲在阵地，而没有跟最应当宝贵的东西躺在一起，岂不对不起祖国人民吗？

为这个，他有两顿没好好地吃饭。

"怎么啦三弟？"最关切新同志们的副班长邓名戈问。

武三弟说出心事。邓名戈极恳切地说："不必带着它，一打起仗来，很容易碰坏。不用想牺牲不牺牲，凭你的本事、心路，你一定打得很巧妙。真要是牺牲了呢，你的军衣、鞋帽、冲锋枪，连你的生命，哪样不是由祖国来的？何必单想那个小碗呢？"

"对了！"武三弟的眼睛睁得很大，丢开了那个小顾虑，又快活起来。

不光战士们如此，连贺营长也有点着急了。到底哪一天进攻？到底上级准不准他上战场？他深盼能够马上知道。同时，他也晓得：士气虽然很旺，可是对战术思想，大家还没能一致地深入。他警告自己不要着急，不要着急！他必须沉住气，一丝不苟地去准备！他应当再和每个小组、每个班去详细讨论战术，不给任何人留下任何顾虑！

可是，还没等他那么做，陈副师长已经下来检查。营长深知副师长是怎样一个人！心细如发，要求严格。他一方面有些不安，唯恐副师长检查出他准备得不够细致；一方面又真诚地欢迎这样的检查，好使他和全营客观地晓得到底准备得充分与否。

来到营部，副师长的极黑极亮的眼睛像要把人钻透了似的看看营长，又看看娄教导员。他看出，他们都很疲乏：营长的白眼珠上带着细而很红的血丝，教导员不但脑门儿上的皱纹很深，连眉心也添上了新的褶子。可是，他没说什么。

是的，副师长永远是这样：做什么就做什么，绝对不夹七夹八地乱扯。对任何工作，他都要先拟好计划，而后照计划而行，坚持到底。连他吃饺子的时候，他都只吃三碗，一碗五个，一个不多，一个不少；他管这叫作：吃三个"基数"——合乎军事术语。

声音不大而极清楚地，他吩咐："把一个最大的沙盘，放到最大的洞子里，集合三连的班以上的干部。"说完，他坐下，掏出一张前几天的《人民日报》，用心地阅读社论。一边布置，娄教导员一边对营长说："看见没有！副师长不检查咱们的武器，他知道咱们的战士怎么爱惜枪械！他要检查干部们的战术思想！他不到各班去，而把大家集合到一块，省时间，一句话不必说多少遍！咱们也得学这种抄近路的方法！咱们俩的'出去转转'还是小手工业式的作风！"

"小手工业不小手工业的，那么做惯了！一天不跟战士们谈谈心，或是生一顿气，心里过不去呀！"贺营长笑了笑。

他们把最大的一个沙盘布置在"大礼堂"里。沙盘里有驿谷川和"老秃山"的模型，河是用绿纸贴好的，山是黄土泥堆成的。黄豆当作地雷，火柴当作火力点，细树枝拉上棉线当作铁丝网！

人到齐，副师长慢慢地走进来，一直走近沙盘，靠它坐下。没有任何"引言"，他叫了声："一排长！"

高大而老实的一排长金肃遇大声地答应："有！"

"假如你带着一个班从这里，"副师长指了指山的模型，"往上攻，几分钟能冲上主峰？"

"报告首长，我们有决心攻上去！"金排长的大脸上出了汗。

"我不怀疑你们的决心！就是没有这几天的动员，你们也不会不勇敢！我问的是几分钟能到主峰？"陈副师长的声音还不大，还说得字字清楚有力。

排长回答不出。

贺营长的脸红起来。"这怪我，我还没想到这个问题。"

"你没参加步炮协同作战的会议？"

"参加了！我知道冲锋以前，先发炮急袭；炮声一停，我们进攻。我只顾了跟大家讨论怎么攻地堡，没想到时间的问题！"

"可是时间决定一切！我们的炮停止了，而我们只顾逐一地攻打地堡，就不可能极快地占领主峰。只有占领了主峰，而后分路往下压，敌人才能处处被动，失去联系。反之，主峰在敌人手里，我们就处处被动，不是吗？"

"是！"营长心里飞快地盘算。"我想，战士们穿着棉衣，带着七八个手榴弹，还有冲锋枪和三百粒子弹，山陡，地堡多，恐怕至少要十分钟才能冲到主峰！"

"要做到五分钟，至多七分钟，占领它！不能再多！战前演习就要演习好：一边冲，一边打，冲得猛，打得灵活，五分钟，至多七分钟，打上去，不教敌人喘一口气！不先算好时间，演习拿什么做标准呢？好吧，这个问题还要认真地研究，而后认真地演习！二排长！"

"有！"仇中庸立起来，他是有胆量而样子安闲的人，说话举止总是慢条斯理的。

"这次攻山，我们要各奔目标，孤胆作战，是不是还要组织呢？"

仇排长想了想，不慌不忙地回答："一定要！比如打地堡，万不可以一个人去，必须一个人攻，一个人掩护。虽然只是两个人，却有组织、有指挥。"

副师长的黑亮眼珠上露出笑意。"很对！"然后，又提出许多问题，有的考问一个人，有的问大家。大家回答的不都正确，可是都很用心。最后，副师长立起来发言：

"同志们今天检查的结果，没有使我十分满意！你们的确是做了准备工作，但是还做得不够！你们的准备还不能满足党和上级对你们的要求！这，你们要在战前演习的时候补足了它！在演习的时候，必须一分钟能跑五十米的陡坡，必须把地堡假设在最不易攻破的地方。把你们所能想到的困难情况都具体地摆出来，而后具体地克服。

"你们的营长是最认真做事的人，我知道他是怎样耐心地领导你们。可是，你们也要时时刻刻地动心思、想办法，去帮助他，不要只靠他一个人费尽心机！大家的智慧一定比一个人的多！

"大家的决心硬、情绪高，这很好！可是，有办法才能胜利地实现决心！记住，牢牢地记住，而且传达给每一个战士！

"一个比较新的战术是不容易一说就通的。你们必须这样去认识：打今天的仗，眼看着明天的发展！我们的部队是天天在发展着的，不是保守的、落后的！你们要在这次强攻中证实这一点！

"预祝你们的胜利！都休息去吧！"

回到营部，贺营长提出亲自率领进攻的要求："不自己去，我不放心！"

陈副师长答应了去对师长说，不过："你必须保证不是去打地堡、追击敌人，而是去指挥！"

"我保证！"贺营长坚决地说，"除非被敌人包围住！我连手枪都不用！”

副师长笑了笑："你要是指挥得好，就不会教敌人包围住！贺营长，我爱咱们的部队！这是最纯朴的、勇敢的、有纪律的人民部队！咱们有许多好的传统，应当保持下去。咱们可也有许多不尽合乎现代化的地方，应当急起直追！你也许看我对大家的要求太高、太严格；不是的！我是要教咱们每打一仗就打出个名堂来，教这一仗在咱们部队的向前发展上起些作用！以你来说，你有责任把你自己培养成一个智勇双全的人！你明白我的意思？"

"明白！我自己天天着急，没有文化！"

"学习！除了学习，还有什么法子呢？"

副师长亲自来检查和指示，已经够大家兴奋的了，哪知道师长又召集会议，连班长都须参加！这真是要打大仗了啊！看，首长是多么关切大家啊！大家都这么体会到，心里也就更有了劲！

及至来到师部，看，进来的是谁？不止师长，师政治委员、副师长，还有军长和军政治委员哟！

谁不知道，军首长是老红军哟！老红军！这永远带着无限光辉的名字！这教人马上想起大渡河、草原、雪山那些光芒万丈的江山与战场的名字！老红军，听到这个名字，谁能不兴奋，不欢呼，不因想起革命事业的艰巨与伟大而感激？何况是亲眼看见曾经参加过老红军的英雄人物呢？多么光荣，有老红军的英雄人物来参加志愿军多么光荣，这样的英雄人物来指挥我们，做我们的首长！

军长进来了，军政治委员进来了！他们的历史、功勋、风度，使每个人都肃然起敬，都精神振奋，都感到被一种使人欢快、温暖、崇高的光明照耀着！有的人出了汗，有的人脸上变了色，每个人的眼可都盯住了首长们，唯恐错过了能看到他们的一举一动、一言一笑的机会！

军长的身量不是很高，可是自自然然带出的威严使他显得很高。圆而稍有棱角的脸非常白净，头发很黑；虽然身经百战，历尽艰苦，可是并没使他显出苍老，头上只有几根白发。军事的与政治的修养使他心里永远镇定，态度安闲。他的眼不但有神，而且有威。看到他眼中的神威，就可以想象到他是可以不动声色地指挥几万战士的。事实也确是如此。

洞子不小，可以容下百十来人。中间放着一张长桌，铺着一张白地绿花的绒毯，上面放着一个大沙盘；沙盘里的模型不止有驿谷川和"老秃山"，也有四围的山岭。军长挨着沙盘坐下。坐下，他有意无意地看了看大家，看到洞中所有的人。他使大家感到，他不仅看见了他们，而且知道他们的一切甘苦。他是老红军，受过世界上绝无仅有的艰苦与锻炼，受过生死仅隔一发的重伤。什么是革命斗争，什么是在革命斗争中一个战士所应负的责任，他知道的最亲切。他也希望他的战士们能跟他一样地去受考验，并且受得住考验。

军政治委员靠军长坐下。跟军长一样，看外貌，他还很年轻英俊。可是，也和军长一样，他已是中年人。革命的锻炼与修养，使他们胸襟开朗，不顾性命去与一切恶势力决斗；这样，好像年纪与衰老也不敢冒犯他们了！

长脸，大眼睛，政委的全身都活泼有力。他是那么爽朗，使任何人对他都不必存着一点戒心，有什么困难与顾虑对他说就是了，他必定能恳切地相助，而且使对方的政治思想提高，心胸更加宽阔。

师长简单地说了几句关于战前准备工作如何重要的话，然后就请军长指示。

军长聚精会神地看着沙盘上的小山小河，半天没有开口。洞子里没有一点响动。

"你先说几句好不好？"军长微笑着对政委说。说完，他又用心地看着沙盘。事实上，他无须一定说话。他来到这里，已经足以教大家感到这一仗必须打胜、必能打胜。

政委发言，主要是讲攻打"老秃山"的军事的与政治的影响，勉励大家必须下决心取得胜利。

政委坐下，军长顺手地指定对面的一个干部回答问题。他教那个干部先细看看模型，而后再回答。同一问题，他问几个干部，直到获得了满意的回答，才另换一个问题。最后，他慢慢地立起来，眼仍看着沙盘，一边思索一边说：

"同志们！你们师长、团长已经告诉了大家，我们决定采用的战术是攻取'老秃山'唯一的战术！你们必须绝对相信它！"他又定睛看着沙盘，看了一会儿，他亲切地笑了一下："是的，这是，的确是，唯一的打法！"

有的人感到惭愧！师的、团的、营的首长们一而再，再而三地指示过他们，他们虽然参加了学习与讨论，可是总不够热烈，不绝对相信那个新战术。现在，军长又这么恳切地来指示首长们是多么爱护他们啊！首长们是多么热诚地贯彻军事民主啊！

军长继续发言。他的话简单明确。他首先指出为什么要多路突破，和全面铺开。

说几句，军长就停顿一会儿，为是教大家思索思索。大家的确都在思索，而且的确相信军长的指示，军长是有名的指挥山地战的将军，大家都知道。

看大家都抬起头来，写完了笔记，军长强调地讲到"全面铺开"。他指示：只有那样，敌人才无法组织起来，失去指挥。我们看到电线就要割断，教敌人失去联系。全面铺开得越快越好，越全面越好，教敌人处处没有时间还手。这么打，我们能很快地结束战斗，尽歼敌人我相信，我们这次能捉到很多俘虏！说完，军长笑了笑，大家也都有了笑容。是的，失去组织与指挥的敌人只会投降，不会单独地顽强抵抗。

最后，军长极郑重地提出："打这样的仗，我们必须严格执行命令，不能存一点侥幸心！我们要绝对遵守时间，一切都要遵照预定的时间表进行，不准早一分钟或迟一分钟！打这样的仗，一分钟是很长的时间！我们先发炮，敌人必都藏在隐蔽部去；炮一停，我们极快地冲上去；敌人还没能由隐蔽部出来，我们已经全面铺开！我们稍提前一点冲锋，就会教自己的炮火打伤；我们稍慢，敌人就进入地堡，一齐发扬火力，遵守时间与否是决定胜负的关键！"

军长慢慢地坐下，声音反倒提高了一点说："好吧，大家有什么疑问没有？任何问题都可以提出来讨论！"他的威严而又和善的眼看着大家。

大家不约而同地决定提出一切问题，好解除一切顾虑；亲自接受将军的指示是光荣的！

12

大家热烈地提出问题。前两天还不敢说出来的顾虑都说了出来；不这样，每个人都觉得，就对不起军首长！

每一个问题都由军首长或师首长给了明确的指示，大家的心里一会儿比一会儿更充实、更开朗。他们这才深入地理解了为什么首长们这样注重战前准备工作；是的，直到此刻，他们的心中才真有了底，而且不许自己再有什么模糊不清的地方！这给大家一种清新的感觉，像雨后天晴立在高处似的，看到了平常看不见的、看不清的东西。听，军长不是正说吗：

"以前，因条件的限制，我们不可能这么打；今天，我们的条件好得多了，我们可以，而且必须这样去打！明天，我们的条件更好，知识与技术更提高了，我们就打得更现代化一些，更狠一些；敌人不退出朝鲜，就都消灭在朝鲜！"

军长稍眯着一点眼，看着洞子的尽头，好像是在看，将来会有那么一天，我们的千门大炮一齐射击，我们的坦克掩护着步兵，像一盘机器似的，向前推进，一下子消灭敌人几个团几个师！

大家的眼也都发出兴奋欢悦的光来。

军政委带着感情说："当初，拿着独出的步枪来到朝鲜，多少多少人都替我们担心！可是，我们相信自己！我们相信我们自己的传统，我们勇敢，又肯动脑子！现在，我们更相信自己，更该多动心思！我们万不可以这么想：从前装备不好，也打胜仗，今天装备得好得多了，何必再细心准备呢！我们应当这么认识：装备得越好，组织得也得越精密。一部机器呀，坏了一个螺丝钉就开动不了；我们现在打仗也是如此，有一个人不肯动心思，就会误了大事！"

顺着军政委的话，师长教大家注意："师里还继续派人下去检查，检查到一切微细的事情。比如说，屯兵洞里的大小便问题解决了没有和怎么解决的！决心加上细心才是更大的决心！"

在又提出许多问题之后，一营二连的一位干部提出来一个问题：

"假若三连由正面攻主峰，二连由旁边上去，都到主峰上会合，而后分路往下压；要是二连上去了，而三连还没来到，我们是等候三连呢？还是不等他们，就奔我们的目标去呢？"

这是个很可能发生的一个具体问题。大家都静候着首长们指示。

可是三连长黎芝堂的荣誉心是那么强，他以为发问的人是有意地在军首长、师首长面前不信任三连。他马上面红过耳，想立起来发言。

姚汝良指导员的脸也红了，可是一把抓住旁边的黎连长，向他耳语："坐下，听首长说！"

军长看了看陈副师长。"你说呢，副师长！"

陈副师长立起来说："假若我们都遵守时间，都严格地执行命令，我们必能各路同时上去，不会相差很久！不过，我们应当事先想到一切可能发生的情况，早有准备，以免临时着慌！我看，假若真发生刚才说的那个情况，二连就应该留一小部分人守住主峰，迎接三连，其余大部分人应当按照原定计划，压下去。军长看怎样？"

军长点了点头。"那也要看指挥员能不能应付那样的紧急情况。他必须在事前想到这种困难，准备好克服困难的办法！事前想的周到，临时就不会出大岔子！大家都要记住这句话。"

贺营长听了军首长的指示，沉下气去，一点不再着急，他准备马上在夜间进行战前的演习。每一想起军长的话，他就自言自语地赞叹："那真是将军啊！真是将军啊！"

上级批准了他到"老秃山"上去指挥战斗。他一方面兴奋、欢快；一方面也想到责任的重大。他必须既对得起党与上级，又须对得起每个参加战斗的战士。

上级也同意了团长与贺营长所拟订的五路突破的兵力与人选的计划：

一路：三连三排由连长带领，强攻主峰。

二路：三连二排由指导员带领，在一路之左，与一路并肩强攻主峰。两路在攻占主峰后，进攻二十五号。

三路：三连一排由副连长带领，强攻主峰左侧，而后会合一二两路，进攻二十五号。

四路：营参谋长指挥二连。二连二排三排由连长带领，强攻主峰右侧。

五路：二连一排由营参谋长亲自带领，在四路之右进攻，在主峰与四路会合，进攻二十七号。

连副指导员指挥战勤工作队。

一连为预备部队。

黎连长翻来覆去地睡不着。爽兴不睡了，起来，点上灯，抽烟。

"不睡觉，你干什么呢？老黎！"姚汝良问。

"睡不着！"

"为什么？"姚指导员还躺着，闭着眼。

黎连长不会把事情老存在心里。"老姚！我决定先冲上去！"

"冲什么？"

"主峰无论如何，我不教二连抢在前面！"

"还没忘了那件事！"

"怎能忘了呢？有光荣，我才活着！"

"当时，我的脸也热起来，有点受不住！可是，人家提出来的是个具体的问题，不见得是看不起咱们！"

"那是看不起咱们！人家说的是三连上不去！我不准任何人小看三连！"黎连长越说越挂火了。"我提前冲锋，我先上去！上不去，我不再姓黎！"

"不遵守时间是违反战场纪律！"姚汝良猛地坐起来。

"谁管！我先上去！"

"你会教咱们自己的炮打！"

"挨自己的炮，也不挨敌人的机关枪！教自己的炮打死光荣！"

"连长！你想错了！"姚指导员恳切地说，"我们是要趁敌人教咱们的炮火打昏迷了，攻上去；这必须遵守时间！"黎芝堂稍冷静了一点，可是不够完全压下怒火去的。"好啦，你甭管我好啦！"

"我不能不管！我有责任要管！我能对战士们说，不遵守时间，随便乱打吗？"

黎连长冷笑了一声："反正我要先冲锋！咱们自己的炮打的时间短，伤亡有限度！"

"你不是不知道：以前，我们用一两门炮；现在，我们有多少炮群，一打就是一片火海！"

两个人半天都没出声。

"老黎，"指导员的口气柔和了些，"我很替你着急！营的、团的、师的、军的首长们都反复地指示，教咱们打通战术思想，你怎么还是这样呢？"

"问你，老姚，"连长的口气也柔和了些，"为了战术思想，我要是落在二连的后边，教人家笑掉了牙，行吗？不行！我不干！"

"你听着，连长！"指导员极严肃地说，"我们必须严格执行命令，绝对遵守时间！别忘了步炮协同作战！我们要既遵守时间，又不失战机，这才是新本事！"

连长沉默了半天，才低声说："好吧，我不是不求进步的人！"

"咱们从明天起好好练兵！不许一个人瞎冲乱撞，要各有各的地位，各想各的办法！记住军长的话吧，我们不该存一点侥幸心！就这么办吧！睡！"噗的一声，指导员吹灭了灯。

这真是海洋气候，春雨并不贵如油。前天还下了一小阵雪，今天却潇潇洒洒地落了春雨。云很活动，忽浓忽薄，忽高忽低，可是雨始终不断，下得很有劲。

上级传下命令，趁着云稠雨密，敌人的飞机不易活动，主攻部队可以白天演习。

一声令下，战士们都欢快地出了坑道；要不是坑道低矮，大家一定会在里面就跳起来的。大家已听到传达报告，知道了军长的指示，一致表示绝对认真演习。又加上白天能出坑道，个个心里更觉得痛快。坑道是个了不起的发明，可是它也真使人闷气；因此，尽管是冒雨出操，大家还是精神百倍。

按照五路突破的计划，各找最近似真的阵地的地形，假设下铁丝网、地堡、战壕，极快地讨论，极快地进攻。攻一次，下来；再讨论，再进攻。

山陡，石头是滑的，泥土是滑的，春山上的一切都是滑的，没有树木可掀一把，只有些青苔，滑的！可是，战士们飞跑猛冲，不顾危险，不顾衣服，不顾性命！他们跑，他们爬，他们滚，只知道执行命令，不顾别的。每一个战斗小组里都有鼓动员，他们呼喊，他们鼓舞，战士们也跟着呼喊，跟着鼓舞；人人鼓动，个个争先。跑一次，不行，太慢！还要快，再来一次，再来一次！春雨在响，春水在流，战士在喊，石头在滚，泥浆飞溅，四山响着回响，连连不断，响成一片。

每个人的衣服都外边被雨打湿，里面被汗淹透；浑身上下里外全是水淋淋的，分不出哪是水，哪是汗。浑身是泥，满脸是泥，头上脸上身上全冒着热气。云、雨、山、人、汗、热气，连成黑茫茫的一片，从远处辨不清什么是什么。战士们在疾走、呼喊、冲锋、爆破……

黎连长跑前跑后，跑左跑右，不断地高呼，脸上的冷雨热汗流入口中。他兴奋、快活，向一切障碍困难挑战！

贺营长跑的路不比任何人少一步，可是也不知怎么他的身上没有多少泥；衣服全湿，可是显着干净。冲开春雨，他的红热的脸到处给战士们带来温暖与鼓励。

快演习完了，从陡坡上滚下一个人来。黎连长两三步跳过去，把他搀起来。一看，正是那天在军长面前发言的那个二连的干部。

黎连长问："怎样？摔坏了没有？"

"没有！只扭了腿腕！"

黎连长扶着他，一边走一边说："同志，要按这么好好地演习，咱们必都能一齐攻上主峰！"

13

红旗是胜利的象征！

红旗是光荣的旗帜！

红旗上写着：

把胜利红旗插上无名高地的主峰，创造能攻能守的英雄部队！

六面红旗，用师、团首长的名义，分送给主攻与坚守的各连。

消息传来，三连的战士集体创作了红旗歌：

光荣的红旗哗啦啦地飘，

首长给咱们三连送来了！

为祖国，为毛主席，为全军增光荣，

我们勇猛地向前冲！

红旗在前面飘，

咱们人倒旗不倒！

首占无名高地，

争取英雄连队，

坚决把红旗插上最高峰！

胜利的歌词在每个人的口中，胜利的歌声传遍了坑道。

电话到了，去迎接红旗。

单说三连：号声响了，集合功臣，由姚汝良指导员率领，到山下列队迎旗。

兴奋地、迅速地，每个人都换上整洁的制服，胸前佩戴上所有的奖章、纪念章；战士章福襄换上一冬没肯穿的新棉衣，布面上发着柔美的光泽。

敲打着锣鼓，高唱着"光荣的红旗哗啦啦地飘……"人人昂头，个个挺胸，前进，向胜利的红旗前进！

光荣的的确确就要来到，去迎接红旗！

战斗的的确确就要开始，去迎接红旗！

决心的的确确就要实现，去迎接红旗！

每个人的血在沸腾、心在激跳，眼前已不是窄窄的壕沟，而是走向胜利的光明大路。四面已不仅是小风吹拂的群山，而好像是有多少面光荣的大旗，迎风飘荡！每个人的眼前闪动着一片红光，放射着胜利的火焰。每个班长都决心把"红旗班"的荣誉争来，每个战士都备好决心书，当"红旗手"！

看见了：还没做春天打扮的山坡下，飘扬着一面红旗！迎上去！迎上去！热烈地鼓掌，严肃地敬礼，迎到了红旗，光荣与胜利的象征！

敲打着锣鼓，高唱着红旗歌，随同着首长们的代表和文工队的男女同志，走入坑道。

号声响了，集合全连的党团员、功臣与干部，举行授旗仪式。

在敌人炮火不能射及的山脚，临时搭起一座小棚。棚口扎着未被炮火摧毁而才教春雨洗净的碧绿的松枝。棚内，除了会场所应有的布置，还挂满了以前得过的荣誉锦旗，集体的，个人的，战功的，还有朝鲜人民赠送的。

这不是死山脚里的一个简朴的小棚，而是一座光荣的宫殿，哪一面锦旗都是志愿军光辉史册的一页，是烈士、英雄与功臣用血汗写成的纪念碑！要把那些锦旗上面的简短的歌颂详加解说，就能写成多少多少卷令人动心的剧本、小说、诗歌与传记。

代表首长们的干部与文工队男女同志在左右、在后面，拥护着红旗。棚小，党团员、功臣们一个紧挨一个，眼睛都盯住了红旗上的：

把胜利红旗插上无名高地的主峰，创造能攻能守的英雄部队！

这些字在他们的眼中闪耀，跳入他们的心里！光荣与胜利就在面前，那面红旗将引导着他们冲上主峰，为祖国，为毛主席，为志愿军增光！

响起了锣鼓，唱起来《红旗歌》；四下波动着雄壮的回音，使群山震颤。

代表们代表着军、师首长做简短而激动的致辞，把首长对大家的信任与关切送到每一颗欢跳的心中去。而后，交出慰问信和送红旗的正式文件。而后，文工队的女同志递交红旗，她们的黑亮的长辫，明秀的眼睛，健美的红腮，热情的微笑，给热烈的场面添上美丽。

英雄气概的姚汝良指导员接过红旗，答谢了首长。而后，他激动地对大家说："首长们看得起我们，所以送来红旗！你们谁能把它插上主峰呢？要是你们不能，我去！"

会场上像河开了闸，大家一齐发言：

"别说了，交给我！"

"信我不信？给我！"

"给我！给我！给我！"

大家争着说，抢着喊，而且向前拥，伸手夺！

姚指导员建议：

"同志们，不必争！谁准备得好，谁的决心最大，谁拿红旗！"

"对！看谁准备得好！"

"对！这最合理！"

于是，红旗运动就和积极准备结合起来。

肃静！党员们面对毛主席像，向红旗宣誓："我是一个共产党员，在党和领袖的面前，在光荣的红旗面前，我宣誓：坚决执行党和上级给我的光荣任务。轻伤坚持战斗，负重伤不哭叫，以自身的模范行动带领群众，勇敢战斗，不怕流血牺牲，为祖国，为人民，为毛主席，把红旗插上'老秃山'！"

然后，大家在红旗上签名。

机枪手靳彪把名字写得有茶碗口那么大。

"给别人留点地方！全连的同志都要签上！"指导员高声地说。

"还有地方！我要教看见红旗的，就先看见我的名字！"靳彪得意地笑了笑。

红旗拿回连部，而后传到各排各班，普遍地签字。郜家宝急得眼中含着泪，摸着红旗，不住地说："要是亲手把红旗插到敌人阵地上，该是多么光荣啊！"可是，连长还没允许他跟着出征；他应当不应当在红旗上签名呢？

"小郜，签上！签上！"卫生员王均化说。

"我没有资格！连长还没有点头！"郜家宝的泪几乎要落下来！

"先签上！签上就弄不下来了，看连长怎么办！"王均化大胆地这么主张，"为了争取光荣，难道连长还罚你禁闭吗？"

"不！我还是先要求去！"小郜又去找连长。

"你怎么又来了？"黎连长啼笑皆非地问。"看家也是要紧的事！没听军政委说吗，咱们是一盘机器，每一个小钉子都重要！"

"连长！你还让我活着不呢？"小司号员真着了急。

"这是什么话！我不许你去，就为是怕你吃亏！你年纪小，没有经验！"

"连长，你常对我们说：有光荣就活着，没光荣不如死了！我相信你的话！"

连长没的可说了。

"好吧，跟我去！跟我去！"

"该发信号，我发信号！我还可以做通讯员！"郜家宝不敢说出自己还要打地堡，怕把事情弄糟。

"你知道怎么发信号吗？"

"给我！给我！我在一个钟头内全记下来，连长可以考问我！"

"好！一点钟内，全背下来！"

"我先在红旗上签名去！"小司号员的脸上发着光，心要跳出来，飞跑去找红旗。

是的，就是这样，每个在红旗上签了名的都觉得自己已经和光荣、胜利分不开了！自己的血，自己的性命，都不算什么，只求红旗插上主峰，永远不倒！

于是，决心书像雪片一样，递交给指导员，要求最艰险的任务！人人下了敢死的决心，牺牲就是最大的光荣！每一班每一排是这样，每一连也是如此。感情的极度激动把事情简单化了：视死如归，以死为荣。好像是红旗上既有了名，就不管打好打坏也不该回来！

指导员们阅读了那些决心书，签注了意见，送交上级。

上级马上指示，矫正以死为荣的思想！我们是要以最小的牺牲，杀伤最多的敌人！我们是要敌死我活，不是一死两拉倒！

是的，这就是我们人民的部队，有党领导的部队。它最勇敢热烈，也最清醒。它及时地矫正任何思想上的偏差。清醒的勇敢，智慧与果敢兼而有之的勇敢，才是最大的勇敢。暴敌在每次失败以后，必定做遮羞的宣传：共产党的部队是疯狂的。事实上，我们的确勇敢，但不疯狂；我们清醒我们知道为什么打，怎么打，和怎么必定打胜。

随着指示，团的、营的以及师的干部下来深入连队，跟战士们开各样的建议，启发大家。战士们冷静下来，也就更坚定起来，像热铁点上了钢。

娄教导员特意来参加有黎连长出席的那个小会，特意提出姚指导员告诉他的那问题："假若二连真的先插上红旗，怎办呢？"

黎连长经过姚汝良的规劝，已经明白了些，可是还不愿表示什么。他要看看战士们的态度如何。

"不会！不会！"大家不约而同地说。

"战斗可不能像算术那么准确！"教导员笑着说，"万一呢？万一呢？"

大家都不再开口。

"黎连长，你说呢？"教导员故意地问。

黎连长想了想，终于爽直地说出来："谁先插上红旗，都对全体有利！"

"大家看呢？"教导员问。

"对！连长说的对！"大家一齐喊。

"这就对了！我们要竞赛，可不准闹不团结！"教导员把这个问题关上钉。"还有什么顾虑呢？"

"我们写了决心书，在红旗上面签了名，再没有一点顾虑！"一个战士回答。

"因为看了决心书，我才知道还有顾虑！"

大家笑了，不相信教导员的说法。

"不信？好！我提个问题敌人的炮火很厉害，是吧？"

大家一致默认。

"这就是个顾虑！"

"我们不怕炮！"有人说。

"我绝对相信你！可是，在决心书上，你说：出去就不再回来！你只想到敌人的炮火厉害，只想到挨打，而没想到防炮，没想到我们的大炮会压制敌人的炮火，有激烈的炮战！"

"教导员的话对！"

"人人应当有决心，写决心书是对的，可是我们不应当对敌人炮火的厉害不提出讨论！存在心里不说，就是顾虑我们应当强攻上去就修工事，找死角，教敌人的炮火失去威力！是不是这样啊？"

大家欢呼起来。

"我们还得讨论，还得准备，还得演习！顾虑藏在心里，就不去想办法，学技术，也就不能保证胜利！"

热情又转到研究问题上来，而且越谈问题就越多。都须一一想出解决的办法。越这么讨论，大家心中越觉得充实、坚定。我们不是对着枪口往下死冲，教敌人给打倒，而是调动好了我们的火器，打倒敌人。

谈着谈着，甚至有人想起：屯兵洞不大，离敌人阵地很近，我们如何出入呢？假若大家乱挤乱撞，出入既不迅速，又会叮当地乱响，岂不容易教敌人发觉了吗？

对！对！要演习！三四十人要在一分钟出入那又低又窄的洞子，既要快，又要没有响动！

实际办法是解除顾虑最好的药。越讨论，越欢快；对，还要演习只有亲身那么试验了，才会有把握，胜利是准备与演习的结果。

散了会，教导员问黎连长："怎么样？行了吧？"

"行啦！"连长笑了。"行啦！打过多少仗，没有一回费过这么多心机！"

"记住，你的责任是指挥！还得多费心思准备呀，准备充足才能指挥顺手！"

连长点了头。

不管心里怎样不好受，黎连长对工作还是一点不放松。娄教导员走后，连长又到各处去看，凡是有会议的地方，他都坐下听听。这感动了大家。谁不知道他性如烈火？谁不知道他惯于说："打仗是拼命的事，瞎商议什么？"放在以前，他准会说："别开会啦，没人往上猛冲，红旗自己反正上不了主峰！"可是，现在他是这么捺着性，听大家发言，跟大家一同讨论，大家不但感到惊异，而且开始爱他了——以前，大家怕他！

同时，他也受了大家的感动。当他听到新同志岳冬生说："我学会了本事！我要多带一根爆破筒，多带三个手雷，多带四个手榴弹！遇见地堡，用手榴弹打；遇见坦克，用手雷；遇见铁丝网，用爆破筒！"他再没法否认准备功夫是绝不亏负人的了。假若首长们不再三再四地指示，要准备，要准备，一个新同志怎能这样艺高人胆大呢？

及至他听到一向不够进步的方今旺当众表示："我犯过错误！我不必多说什么，请大家在'老秃山'上看我怎样吧！"他几乎落了泪。假若顺着他的意思，只要求大家去死拼，而不耐心地解除了大家的顾虑，使大家心中的确有了底，有了办法；一个像方今旺那样的人怎会忽然勇敢起来呢？

回到连部，他对着红旗发愣。他有多少话要说，可是找不到适当的言语去表达。

小司号员进来报告："我把信号全背下来了，连长考我吧！"

"等一等！"连长还看着红旗。

红旗要求我们勇敢！

红旗要求我们多准备！

红旗给我们光荣！

红旗给我们智慧！

14

用不着白衣的"孤胆大娘"想象了，我们的几个炮群一齐射击，破坏"老秃山"上的铁丝网与工事。这是总攻的雄壮的"前奏曲"。

贺营长在到团指挥所去的路上，真想先去看看老大娘，告诉她：报仇的日子到了，我们要歼灭"老秃山"上的全部敌军！交通壕里的泥土，在春雨后，发出些潮而微腥的气味。这使贺营长想起当年在田里劳动的光景。他爱那湿润松软的土地，爱那由他的劳动而长出来的嫩苗——一片一片的能生长的翡翠！可是，尽管他终年劳动，他总是吃不饱、穿不暖！他的父母也挨饿受冻！地主就是活阎罗！

那时候，他也记得，只要有几门炮的资本主义国家就可以来欺侮中国人民。在乡村，一个外国传教士就像一位土皇帝那么威风！

现在呢？他不由得甜美地笑了笑。他，当年的那个饥寒交迫的少年农民，不敢正眼看看外国传教士的乡下人，却要率领着一个营，去强攻最强暴的敌人的最坚固的阵地，而且要必定攻下来！

这个变化有多么大呀！

假若没有共产党和毛主席，谁能教那么可爱的祖国，而又曾经那么软弱落后的祖国，站立起来，去打击那最强暴的侵略者，担负起保卫世界和平的神圣责任呢？

他是谦逊不自满的人，可是不能不重视自己的责任与光荣。英雄的荣誉称号不是偶然得到的，它有它的一段结结实实的历史，那历史是他在党的培养下亲自创造的！抬头，他看了看北斗星，那从幼儿就熟识的七位在高空的朋友。他辨别清楚方向，啊，祖国就在那边！在朝鲜消灭敌人吧，保卫朝鲜就是保卫祖国！

他想到祖国、朝鲜，和自己的过去与变化，只是没想到即将来到的危险，虽然要攻打的是"老秃山"。他向来没在上阵以前想过个人可能遇到的危险。含着笑上阵，含着笑凯旋，他只盘算着如何打胜，对自己的生死存亡他没顾虑过。

在他身上，没有任何铁的或银的神像，没有任何布的或纸的护身符，他只有为真理与正义去打仗，而且必定打胜的决心。这是一个最纯洁、最清醒，毫不迷信的英雄。他不信神佛能保佑他，只求自己能保护人民。

在他身上，没有满装烧酒的咂壶；他不借酒力去壮胆。他也没印着裸体女人的美术扑克牌，像美国兵带着的那种；有那样脏东西在身边，他以为，是军人的莫大耻辱。他和他的战士们的"贞操"是全世界上所不多见的。他和他们对妇女的尊重与爱护是值得用最圣洁的言语去歌颂的！

是的，就是这样的一位英雄，默默地含着笑在交通壕里走，走到团部听取战前的最后一次指示。

贺营长估计：诸事已经按计划准备好，而且经过了上级首长的检查，乔团长大概不过要嘱咐和鼓励他几句就是了。谁知道团长一开口就说：

"军长刚才来了电话！"

"军长？"

"还不止军长！"

"还有谁？"

"志愿军司令部问军长，军长问我，到底能打不能？"

"一切都准备好，我们有把握打好！"贺营长急切地说。

"我可不能用那样的口气回答军长！"乔团长微笑了一下。"跟政委、参谋长商议了一下之后，我回答军长：'我们看，可以打！'"

贺营长松了一口气，天真地笑了。

"军长末后说：'要是觉得准备得还不够，就先别打！'"说到这里，团长的大长脸上显出些不安的神气。"贺营长，责任重大，任务艰巨啊！"

"我知道！我一定完成任务！"营长坚决地说。

"我相信你！可是我还要再说一遍，责任重大你要处处留神，时时跟我联系，报告情况！"

"我必定随时报告！我要带两部步行机，打坏了好有替换，不至失掉联系！"

"好！"团长看了看笔记本。"屯兵洞里的鼓动工作是重要的，在洞里隐藏一天一夜，战士们的思想可能发生波动！"

"这两天我们正学习英雄，到屯兵洞里还要继续学习！"

"好！还有什么没准备好呢？"

"都差不多了，我回去再检查一遍！"

"对！像飞机似的，在起飞以前必须完全检查到了！好！我们在二十三号二十时零分开始进攻！"

"二十三号二十时零分？"营长不由得立起来。

"二十时零分，我们的炮火急袭四分钟，二十时零四分步兵进攻，要绝对遵守时间，至多七分钟攻上主峰！"

"我们已经那么演习好！团长！"

"你的任务是指挥攻上主峰，而后迅速占领二十五号和二十七号，歼灭敌人结束了战斗，二营上去。都清楚了！"

"都清楚！"营长斩钉截铁地回答。

"你有什么要问的？"

"遇必要的时候，可以不可以放弃二十五号？"

"跟师长请示过了，攻二十五号专为杀伤敌人，那里极难守住。你们一定要攻上二十五号去，然后看情形可以撤下来。"

又说了一会儿，团长握着营长的手说："出征的时候我来欢送！"营长已经要走，团长拦住他："等等，我们对一对表！二十三号咱们再对一次！"

在回营的路上，贺营长遇见了常班长。二人走近，彼此让路的时候，班长问了声："是贺营长吧？"没等回答，他就敬礼。

"是我！"

"报告营长，我是运输连的班长常若桂。前面的炮一响，我带十五个人帮助三连的战勤队。营长也上去吗？"他想起前几天跟谭明超的谈话。

"我也上去！"

"上去，同三连一块儿上去？"

"对！"

"那么，我们就在一道了！营长，许我拉拉你的手吧？"他伸出那老树根似的手去，把营长的手握得生疼。"能跟营长你一同上去，我，我，我光荣！"

"常班长，能参加这样的战斗，咱们都光荣！"

"都光荣！"

"班长，你的岁数不小了吧，比我大？"

"三十出头啦！岁数就是准备，多活一天，多一分经验！营长，山上见我也在红旗上签了名，我要到主峰看看我的名字！"

说完，他敬了礼，走开。事实上他真舍不得走，愿意多跟英雄营长说几句话。他可有的说咧！在过去的几天里，不管是阴，不管是晴，他每夜必过河三四次，运送各样的东西。每一次来回就是十多里哟！雨天，他的脚陷在泥里，拔都不易拔出来啊！可是，他不能比别人少走一步；他比谁都更恨"老秃山"上的敌人。为消灭敌人，即使掉在河里淹死，他也甘心！

不运送东西的时候，他教给大家怎样抬担架，才能教伤员最舒服；教给大家怎样包扎伤员，以免久等卫生员，使伤员多受痛苦、多流血。他把人力也做了适当的配合，体力强的和体力弱的，有经验的和没经验的，都调配起来，使每一小组都能顶得住事。

但是，他不敢和营长多啰唆；况且，说出来也有点像自我宣传。于是，他就大步走开了。"做了就是做了，表白什么呢？"他对自己说。这几天，他已累得腰酸腿疼，连双肩也有些向前探着了。可是，跟英雄营长说过了几句话之后，他又挺直了腰板与肩膀，觉得自己又年轻了几岁！"够呛"！

营长也很愿意跟常班长多谈一会儿。对这么可爱的一位老同志，假若有时间，他愿意坐在一块儿，谈上几个钟头。可是，他没有工夫闲谈。他得赶快回营，再检查一遍。回到营部，谭明超正在等着他。营长喜爱这个小伙子。他的记性好，冲口而出地叫出来："谭明超！你来了！"

小谭更佩服营长了，心里说："看营长的记性有多么好！只见过一次，就把我记住了！"

他兴奋地得意地向营长报告：这次进攻，前沿阵地一律用无线电机，第二线照旧用有线的，所以无线组添了人，他被选上。"我向连长要求了再要求，让我跟着英雄营长！"

"连长答应了？"

"不那么简单！"小谭刚要向上斜一斜眼，表示自己的骄傲，赶紧就控制住。"好几个同志都这样要求！我反映了意见：大家排排队比一比吧，比过去的功劳，出现在的技术，比谁先要求的！比谁已经见过英雄营长！"说到这里，他没法不斜翻一翻眼，实在太兴奋了！

"你胜利了！"

"我得到了光荣！营长！这不简单！原先，我不过有那么一个心愿，谁晓得真成了事实呢！"

"平日多卖力气，光荣就不会故意躲着你！你休息一下吧！"

"先不能休息，我得掌握咱们在阵地上用的暗语啊！营长知道的，我都得知道，而且都得背熟，顺着嘴流！"

"对！我一会儿就回来，你等一等！"营长出去，到各连检查。

这时节，师文工队的几位男女同志正在逐一地由班到班做慰问演出。

坑道低隘，他们不能跳舞，也不能表演大节目，只带来一些曲艺段子：快板、鼓书、相声、单弦、山东快书；有的是唱熟了的歌颂志愿军英雄的，有的是临时编成的鼓舞士气的。他们还带来五颜六色的标语，贴在洞内；三言五语的快板短条，贴在子弹箱上、水桶上和一切能贴的地方。他们给坑道带来了颜色、喜气与热情。

他们正在十班表演，黎连长进来了。

不但全营，连师的文工队也晓得黎连长的威名。谁都知道三连长打起仗来比猛虎还猛。女同志钮娴隆正唱着新编的单弦，一见连长进来，訇地一下把词儿忘了！

连长一声不出，和战士们坐在一处。这使钮同志安定下来，想起曲词，继续往下唱，而且唱的特别好。唱完，她的头上出了汗。

连长一直听完了这一段。在大家鼓掌之际，他过来握钮同志的手："你们来到就够了！唱不唱的不要紧，我们一样地感谢！"

这几句真诚得体的，也是战士们都要说的话，感动了文工队员们，纷纷地说："我们唱得不好！"

"同志们！"连长对文工队员同志们说，"来！上我那里去！"

大家有些莫名其妙，只好拿起乐器，跟着他走。战士们鼓着掌欢送他们。

到了连部，黎连长天真地向大家笑了。"我说的是真话：你们来到就够了！来吧，都抽烟吧！"他把一盒"大前门"扔出去，被一位男同志像接棒球似的接住。

钮娴隆不吸烟，低声地说："我们唱不好！"

看着也就像刚十五岁，其实她已经满十九岁了。她很矮，可是浑身上下都长得匀称。一张白净的小圆扁脸，哪里都好像会发笑。谁见了都会喜欢她。两眼非常得明亮，老那么天真地看着一切，好像是什么也不怕，又好像稍微有点怕。一对很黑的辫子搭在肩头上，因为老戴着小扁呢帽，辫子倒好像是假的。

是的，她和同她在一处工作的男女青年们，什么也不怕。为保卫祖国，他们由四川（钮娴隆就是四川人），由广东，由湖南，由各处来到朝鲜，用歌舞、戏剧鼓动志愿军战士们。遇到战斗，他们到前线去表演，去鼓动。高山、洪水、轰炸、炮火，丝毫阻碍不了他们，他们不怕。到必要的时候，男同志们也去帮助抬伤员、送弹药；他们是部队的文艺工作者。

可是，她与他们又都有点害怕，怕创作的表演的不受战士们的欢迎。他们都很年轻，不怕吃苦受累，乐于学习，可是在业务上没有经常的指导，进步不快。远在朝鲜，他们得不到祖国文艺工作者的援助，他们是孤军作战。他们着急，他们也害怕，怕对不起战士们！

"我们唱不好！"是眼泪落在心里那么说出来的！

"你们不必再唱！"黎连长告诉大家。"去跟战士们谈谈话，一定更有用！而且不会耽误他们的工作！"

大家都高兴了。连长说的对，连长原来是粗中有细！大家鼓起掌来。

"同志们！"黎连长严肃地立起来说，"你们知道吗，平日我不大注意你们。我总以为你们穿得漂漂亮亮的，不过只会那么唱几下，跳几下！这几天，我什么都改了！对你们的看法也改了！你们有用！你们应当穿得漂漂亮亮的！看，战士们多么喜爱你们！你们鼓舞了他们！

我要求你们，分开到各班去，告诉他们：学好本事才有资格去插红旗！告诉他们：只准红旗升，不准红旗倒！剩下一人一枪一口气，也要把红旗插上主峰！你们说一回，比我说十回都更有劲！就这么办吧！去吧！"

大家一齐喊："走！"

钮娴隆的小圆脸笑得像一朵正在开放的花似的。她一边往外走，一边对连长天真地说："连长，我愿老在部队里工作！"很俏皮地，她敬了礼。

15

贺营长在万忙中去看了看"孤胆大娘"。他十分关切她的安全。他知道，打响以后，敌人必定加劲地乱开炮、乱轰炸；她的小洞子可能遭受到轰击。他也知道她是"孤胆大娘"，我们进攻，她也许立在那株老松下观战；他晓得她和朝鲜一般的妇女的胆量！他须去看看她，在不泄露军事消息的原则下，劝告她多加小心，不可大意。同时，他也愿看看她缺不缺粮和别的日常需要。一打响，大家就不易照顾她了。

营长很可以派一个人去办这点事，不必亲自跑一趟。可是，他不愿意那么办。他不仅是要去办那点事。他心中有个相当复杂的渴望，鼓动着他必须去看看她。

他热爱祖国，也热爱朝鲜。这两种爱已经那么密切地结合在一起，使他一想到朝鲜，就想到祖国；一想到祖国，就也想到朝鲜。这两种爱加强了他的责任感。他若是对任何一件事情没有做到好处，他就觉得同时对不起两国的人民。为了两国的人民，他要求自己须把每件事不止做好，而且要做得特别好。现在，他就要进攻"老秃山"了；他不但必须对得起党与首长，也必须对得起"孤胆大娘"——她不是渴望我们进攻，消灭敌人，常常在老松下，胳臂一伸一伸地做要求我们发炮的姿态吗？是的，他必须去看看她；从她的面貌言语中得到鼓励，使他更坚决，更勇敢，打好一个歼灭战！

再说，她是个朝鲜妇女。"朝鲜妇女"四个字在贺营长心中，正如同在每个志愿军心中，是崇高光灿的。在抵抗美帝侵略战争中，朝鲜妇女担负起一切支援前线的工作，她们耕种，她们收割，她们修路，她们纺织，她们指挥交通，她们监视敌机，她们救护伤员，她们教育儿童，她们在矿山、在工厂，甚至在部队里，不但像男人一样地操作，而且出现了多少英雄与模范！即使是在田里操作，她们也冒着最大的危险。敌人的炮火，敌机的轰炸，是蓄意杀伤和平居民的。炮弹炸弹不仅如雨地降落在城市，也降落在村庄和田地里。出去耕作的妇女，正像进攻敌人的战士，出去不一定能够回来。这，没吓倒朝鲜的英勇姊妹。不幸有的牺牲了，别的妇女便只含着泪埋葬了她，而后担负起她的工作；她们并不放声恸哭。她们的脊背老直直地挺起，她们的战斗决心不许她们大放悲声。这已成为她们的气质，英雄的气质，英雄民族的气质！贺营长决定在战前去看看"孤胆大娘"，向她致敬，也为表示决心！给原来和她同居而被敌机炸死的姊妹复仇，为一切牺牲了的朝鲜妇女复仇。

是的，当他想起"孤胆大娘"，他也就想起自从入朝所遇到的一切朝鲜妇女。她们，即使丧失了丈夫兄弟，即使丧失了房屋器具，却仍然不低下头去，仍然把仅有的一件颜色鲜明的小袄穿出来，仍然有机会就歌唱、就跳舞。她们坚强尊傲，所以乐观。丢了什么都不要紧，她们就是不肯丢失了祖国，而且坚信绝对不会丢失了祖国。为保卫祖国，她们甘于忍受一切牺牲。她们热爱朝鲜人民军，也热爱中国志愿军，这两个并肩作战的部队给她们保卫住祖国的疆土。贺营长记得，有多少次行军或出差的时候，哪怕是风雪的深夜，只要遇到朝鲜妇女，他就得到一切便利。她们会腾出住处，让给他。她们会帮助他做饭，给他烧来热水。她们拿他和每个志愿军当作自己的兄弟子侄。他也记得：他怎样帮助她们春耕，怎样帮助她们修整道路或河堤。大家在一处劳动，一处休息，彼此都忘了国籍的不同，言语的不同，风俗习惯的不同。大家只有一条心，就是打退暴敌。彼此的帮助与彼此的感激都是那么自然、真诚、纯洁，使"志愿军"与"朝鲜妇女"都成为圣洁的名号；从现在直到永远，都发着光彩。一想起这些，贺营长就欲罢不能地想去看看"孤胆大娘"，不论他怎么忙。他不是去见一位老大娘，而是去慰问所有的朝鲜妇女，向她们致敬致谢！

正是黄昏时候，贺营长同一个通讯员来到那株老松的附近。天还相当地冷。老大娘却立在洞外，面向着"老秃山"。山色已经黑暗，老松的枝干也是黑的，白衣大娘立在那里，很像一尊玉石的雕像。

她只是个平常的农民，身量不高。可是，正像艺术作品的雕像那样，尽管并不高大，而有一种不可侵犯的尊严，令人起敬。她的举止动作都是农民的，可是加上那种坚决反抗压迫的精神，她就既纯朴可爱，又有些极不平凡的气度。

看到贺营长，她往前走了几步，来迎接他。她的既能柔和又能严厉的眼神，现在完全是柔和的她看到了所喜爱的志愿军。她的黑眼珠还很黑很亮，在那最黑的地方好像隐藏着一点最天真的笑意，同时又隐藏着一些最坚定的反抗精神。她的脸上已有些褶纹，可是眉宇之间却带出些不怕一切苦难的骄傲。

贺营长几步抢上了高坡，来到她的身前，向她敬礼。他爱这个老大娘。她的身量和农民的举止都颇像他的母亲。可是，她又不完全像他的母亲，她身上带着朝鲜妇女特有的气度与品质。他承认她是他的朝鲜母亲。

贺营长会说几句朝鲜话，通讯员比他会说的多一些。老大娘只会说几个中国单字。语言并不是很大的障碍，当大家都有一条心的时候。

营长先问了她需要什么。老大娘摇了摇头，表示什么也不缺乏。她又笑了笑，而后指了指"老秃山"。营长想了一会儿才明白过来：大娘不需要任何东西，虽然她的生活上的需要已经简单到不能再简单；她需要的是攻打"老秃山"！因为，他想，她迫切地需要进攻"老秃山"，所以她才不要求多给她一斗粮，或几尺布。

营长点了点头。他明白她的心理。全个小村子里的人，连鸡犬，已都被暴敌炸死，她多要东西干什么呢？她已六十多岁，她切盼在她还有口气的时候，能够亲眼看见给全村人雪恨报仇的事实！

看见营长点头，老大娘又笑了笑，而后看了看自己的脚。她穿着一双又宽又大的胶皮靴，是一位志愿军送给她的。这双大靴子看起来很可笑，可是在她的脚上也不怎么就带出一些特别的意义。这是战争期间，她无从选择，只好穿着所能得到的东西。那位志愿军也没法选择，只能送给她这点礼物。她有时候笑自己的靴子，可是刚笑完，她便严肃地注视着它们。到了事物没有选择的时候，人的欲望就超过了对物质的要求。穿什么也好，吃什么也好，最要紧的是怎么尽到自己的责任，打退敌人！

贺营长，由通讯员帮助，说明他的来意，教老大娘务必多多留神，敌人可能又乱轰炸。他可是没说敌人为什么又可能这样发狂。

老大娘很感激他的关切，并没追问为什么敌人又要发狂。她天真地笑了笑，好像是说：我早就知道敌人会随时发疯！

贺营长又嘱咐了一次，才向老大娘告辞。他有点舍不得离开她，真愿意把她安置在一个最安全、最舒服的地方去。可是，最安全、最舒服的地方在哪里呢？他一边慢慢地走下山坡，一边不由得对通讯员说："只有消灭了敌人，才能找到安全舒适的地方！消灭了敌人，到处就都安全了！"

通讯员不明白营长的话是什么意思，可也没有发问。他不由得回了回头，看见老大娘正向他们招手呢。天已很黑，可是那只举着的胳臂，因为衣袖是白的，还看得相当清楚。他告诉了营长。二人一齐站住，回过头去，也向她招了招手。

走出相当的距离，二人回头望望，白衣老大娘还在老松下立着。通讯员不由得问了声："营长，老大娘想什么呢？"

营长半天没能还出话来。走入了壕沟，营长才带着愤怒，忽然地回答："她跟咱们想的一样，打'老秃山'，消灭敌人！"

"对！营长！"通讯员说。

真的，在太平年月，这该是多么美丽安静的地方啊！春天快到了。在日本统治者被赶走，朝鲜人民建立了自己的政府之后，在美帝发动侵略战争之前，这里的春天该是多么美丽呢！当春风吹拂，春月溶溶的夜晚，春山上的松柏响起悦耳的轻涛，把野花的香味轻轻吹送到每个山村，有什么能比这更美丽呢？

爱劳动、爱欢笑的人民，当春耕即将开始的时候，在月色中还欢笑着操作，选种的选种，送肥的送肥。年迈的大娘们在屋里用木机织着细密的白布，准备做些春衣。年轻的姑娘们放弃了冬衣，不管山风多么劲峭，就已换上艳丽的春装。她们歌唱，她们轻舞，清甜的笑声碰到了群山，又被送了回来。喝了两杯人参酒的老者，和想略略休息一会儿的老大娘，也来参加姑娘们的歌舞，笑声更响亮了。这是多么美丽呢！

他们为什么不唱不舞呢，心里既是那么喜悦！老人们可以做证，他们是怎么受尽日本统治者的屠杀与压迫，和怎样顽强地反抗！今天，人民自己有了政权，有了自由，还不积极劳动，尽情欢笑吗？日本统治者处心积虑地要消灭朝鲜的文化，可是朝鲜人民保存下来自己的语言文字，自己的风俗习惯和自己的民歌舞蹈。那么，为什么不歌不舞呢？

春天不是男婚女嫁的好时候吗？东村西村都有喜事，唱歌跳舞的机会就更多了。老人们够多么喜欢呢，他们将在次年春天就可能抱孙子吧！他们的孙男孙女将生下来就是自由的人，用诚实的劳动享受着这美丽江山所能给的幸福！他们的儿辈已经不会老用着那笨重的农具与牛车，不久就会用上新的农具和拖拉机，何况他们的孙辈呢？谁知道那些红脸蛋黑头发的娃娃们会多么幸福呢，连想象也很难想象得周到啊！

春天又快到来，可是……美帝侵略者比日本统治者更毒恶可恨！美帝连山上的松柏都给炸光了啊！

"孤胆大娘"，正像通讯员所问的，正想什么呢？恐怕她正会想到这些既极甜美又极酸辛的事情吧！正是因为她想到这些，她才切盼攻打她眼前的"老秃山"吧！

贺营长默默地在壕沟里走。用他所积累下来的朝鲜知识，他也会想到这些，因而他就更能了解老大娘的心理与愿望。

"好！一定，一定打下'老秃山'来！"他自言自语地说。

16

真的，春天开了头，冬天还会站得住脚吗？连日的春雨，已差不多把积雪化净。春风软而有力，不住地吹动，不许地上再上冻结冰。四面的山峰，失去了积雪，看着就不再那么严峻可畏了；虽然光秃秃地，却显着朴实干净。顽皮的驿谷川得到发疯的机会，猛涨起来，把散碎的冰块抛上两岸，山洪欢笑着顺流而下，遇到阻碍狂喜地掀起白浪。

像山一般朴实雄壮的战士们，像洪流一般激动活跃的战士们，都已经准备好，准备好出征！他们是春雨、是春风，要去消灭严冬的冰雪，给世界换上温暖的、幸福的、花将要开、树将要绿的春天。

天上悬挂着半圆的春月，山沟里吹拂着多情的春风，在黑长的山影里列着出征的队伍，闪动着胜利的红旗，红旗上写着战士们的光荣名字。

只有星光月色，只有山影风声，没有一声牛鸣，没有任何鸟叫，世界好像死去。没有死！没有死！看，红旗在飘动，在前进，一会儿照上春月的光辉，一会儿隐入春山的暗影，英雄的队伍在移动、在前进！没人出声，没人咳嗽，只有脚步的轻移、雄心的跳跃，与英雄气概的肃静。

离开他们用自己的手与自己的汗挖掘成的坑道，没有人回一回头，正像以前他们离开故乡，离开祖国那样坚决热烈。带着爱国的热情、援助邻国的义气、拥护真理与正义的决心、党的教育与培养，他们前进。每个人都确信他们的手能挖通了高山，也能捶死卑鄙无耻的侵略者。他们肃静无哗地走上山坡，走下山坡，红旗在前，人影在后，人人有了准备，事事有了准备，走向"老秃山"，攻下"老秃山"！

肃静而激昂地，他们前进。全世界都注视着他们。他们不是仅仅去攻取包在群山里的一个山峰，他们是去做正义与霸道，和平与侵略，自由与迫害的决斗！全世界善良的人们在注视着他们，希望他们胜利；战争贩子们也在注视着他们，盼望他们失败。他们的胜败也就是正义的威力的增减。他们肃静而激昂地前进，他们每个人都晓得全世界正在注视着他们，他们必须教正义得到胜利！他们不是穿山越岭的两连战士，他们是朝鲜人民、中国人民和全世界善良人民支持着的一支革命部队。

春月下，半株古松旁，立着的白衣"孤胆大娘"，向他们招手。全朝鲜的妇女都向他们招手。他们的胜利会给她们带来和平与幸福。他们的胜利将使这些山陵再穿上松柏常青的绿衫，使山脚溪边再有鸡鸣犬吠和甜美的红苹果。她们怎么信任朝鲜人民军，也怎么信任中国人民志愿军！

有了人声！代表师首长的干部与文工队员，团首长们，在一个小山口外，看见了红旗，看见了出征的队伍，响起来锣鼓、欢呼、鼓掌。声响顺着春风吹向春山，温暖地得到回应。声响也达到战士们的心里，他们的心跳得更快，头昂得更高，脚步声更齐。军容也更壮肃，红旗高举，队伍整齐，一支钢铁的部队向前行进。

来了！来了！欢送的人们以高大威严的乔团长为首迎上前来。拿着红花，拿着由祖国来的葡萄美酒，拿着香烟，大家也迎上前去。乔团长看一眼战士们，就仿佛自己又要高出一寸。他为这样英勇的部队感到骄傲，他确信他们必能旗开得胜！

领队的是程友才参谋长和庞政委。程参谋长的眼发着光，嘴角鼻洼含着骄傲的笑意，满脸的春风与才气。庞政委还是那么安详自如，可是身量显着更高了些，两眼深沉地看着远处的山峰。

紧跟着的就是英雄营长贺重耘。他兴奋、紧张，可是都藏在心里，外面还是安稳从容，不快不慢地率队前进。只有红扑扑的脸透露出一些他心内的感情。经常挂在他的脸上的笑容不见了。

强攻主峰的"尖刀第三连"到了，由众望所归的十班执掌红旗。小风展开红旗，斑斑点点全是勇士们的签名。

虎子连长的虎目圆睁，目眦欲裂，看不见群山，看不见春月，只直视着胜利红旗，阔步前进。

小司号员郜家宝紧随着连长，清秀的脸儿涨红，细长的脖儿挺直，高傲地挎着一只晶亮的铜号，在春月下闪闪发光。

老成持重的三排长乜金麟领着爆破班和突击班，爆破班中功臣邓名戈规规矩矩地，目不斜视地往前走。他身旁是老战士章福襄，章福襄是那么激动，圆脸通红，两眼冒火，恨不能一步跨到敌人阵地！他的后边是新战士岳冬生，果然多带了一根爆破筒，三个手雷，四个手榴弹，下了决心去立奇功。

突击班前，柳铁汉班长咬着牙疾走。他的眼前，不是崎岖的山路，不是月色中的壕沟，而是龙岗里的"屠杀场"，三千多善良的人民变成死尸，刚会说些话的小儿的身上挨了三刺刀！他要给他们报仇，报仇的日子到了！就在明天！他的后面走着功臣宋怀德和功臣姜博安。他们的后面是武三弟。武三弟的大眼睛瞪圆，薄嘴唇紧闭，他把一切都己看清楚、听明白，这是去打粉碎敌人冒险登陆进攻的大仗，他必须立功，他是青年团员！

姚汝良指导员和仇中庸排长率领二排。细高的指导员好像变成另外一个人，由平日的殷恳虚心的样子变成了昂首天外，英勇矫健。仇排长还是不慌不忙，安安稳稳，可是脸上带着坚定与威严。二排的后面跟着卫生员王均化，带着两个帆布挎袋，满装救急包和绷带——还怕不够用，他把自己的被单和汗衫都洗好，放在帆布袋里。背上，他背着几副夹板。他的矮小而横宽的身体上处处是力气与胆量，他不但要抢救伤员，也要打几个地堡，抓几个俘虏。他的身旁是带着一部步行机的谭明超。小谭的脸上身上都没有多少肉，可是四肢百体全像铁筋做的，他轻快活泼，而且有劲。另一位电话员，紧跟着小谭，也带着一部步行机。在他们的后边是由炊事员、文书、理发员组成的战勤队，由副指导员率领。炊事班长周达顺先前就那么做过，现在还想那么做：到必要的时候加入战斗，教员沈凯也来了，他的样子和战士一样，更打算证明自己的胆量与勇敢也和战士一样！

副连长廖朝闻和排长金肃遇率领一排。轻便灵活的副连长好像觉得山路太平平无奇，不值得他一走似的，就那么毫不经心地走着。他的小尖下巴高傲地翘起一些，两眼随便地一动就看清楚一切。他看不起敌人就像看不起一只乌鸦似的，他随便一瞄准，就能把它打下来。高大而老实的金排长恰好跟副连长相反，他知道自己老实，所以不敢松懈一点，他的大脚跺得咚咚的响，脸上的筋肉全紧张地绷紧。他老实，打起仗来只有一个心眼——死拼！在他们后边是有名的机枪手靳彪和巫大海，还有……

"尖刀第三连"走完，又上来一面红旗，执掌红旗的是有名的"四好班"二连六班。

唐万善上士在二连的最后边，带领着战勤队。他很想说话，可是不敢开口，只对自己有声无声地嘟囔：常若桂班长怎么没露面？难道他已经到前面去了？

乔团长拦住了队伍。钮娴隆首先冲过去，别的女同志跟着她。她轻巧得像一只小鹿，跑到参谋长前面。她的满脸上全是笑意，可是眼中微微有些湿润。这样英雄气概的部队使她感动得要落泪。她控制住自己。轻快地她把一朵大红花戴在参谋长的胸前。文工队员们一齐喊：

"光荣花，朵朵红，祝贺首长立奇功！"

她们给庞政委戴上红花，给贺营长，给黎连长也都戴上红花。

"光荣花，朵朵红，祝贺首长立奇功！"

乔团长亲自敬酒，大家一饮而尽，连向来酒不沾唇的庞政委也一口干了杯。

"胜利酒，请干杯，立了奇功凯歌归！"

"祝你胜利！"

"祝你胜利！"乔团长和每个人握了手。

热烈地握手，英雄气概地握手，用力地一握，立刻分开，比千言万语更亲切而明确：手碰到手，心也碰到心。坚决、果敢、光荣、胜利，就是手的言语！

每个人都接到胜利烟。

"英雄吸了胜利烟，一举攻下'老秃山'！"

战士们回答：

"吸了首长的胜利烟，一定攻上'老秃山'！"部队移动，往山下走。

欢送的人们不肯离开，立在原地向英雄们的背影招手，向闪耀在春月春风中的红旗招手。

"好！"团长望不到部队了，这么说了一声。

这个"好"不是随便地夸赞。我们的军容、士气，的确好！我们的每一班的火力比过去强了许多，都有自动火器，使参军多年的团长没法子不夸赞；况且那么多的武器是掌握在英雄战士们手中！

钮娴隆提出要求：明天，她们到阵地去慰问、去鼓动。

团长摇了摇头。"我知道你们勇敢！我可是不能教你们去冒险！有你们经常鼓舞战士们，大家才能打胜仗！"

队员们还一再地要求，团长最后答应："只准你们到营指挥所去，不准再多走一步！"

出征部队到了驿谷川渡口。

工兵们在这里等候着呢，怕敌人万一发冷炮，打坏了桥梁。

除了木桥与浮桥而外，还有两只橡皮船，这两条小船不知是谁放在这里的，好多好多日子了，它们就那么"野渡无人舟自横"地闲待着。青年工兵闻季爽看见了它们，收拾了一下，准备在打仗的时候做救急之用。今天，他就想试用一下。虽然载人不多，可是早渡过几个人去也是好的，这里是封锁线啊！

小船居然能用，这使闻季爽非常满意。及至战士们告诉他：攻"老秃山"还有"海军"哪！他就更觉得高兴，而且告诉战士们：有眼睛才能没有废物啊！

过了河，战士们对战争的感觉更亲切了：前面就是"老秃山"！明天这时候，"老秃山"就必须换了手！这种感觉使大家极肃静，极谨慎起来，要说话就彼此耳语。这是大家的责任，必须不教敌人发觉任何一点声音，一点亮光。

程参谋长和庞政委直奔营指挥所去。贺营长留在河边，向连长、排长又做了指示。接受了指示，他们就向屯兵洞前进，极轻巧地肃静地前进，因为他们是在"老秃山"的眼底下，而且是到"老秃山"的山根去。战士们在这里守备过三个多月，晓得什么叫作小心谨慎。在守备期间，大家都知道，炊事员到河里或小水沟里取一桶水，都要冒着生命的危险！一点声响会招来无数的子弹！战争是最复杂的事，头脑简单的人连一桶水也取不回来！

每一排奔向一个屯兵洞去，洞子就在"老秃山"的下面。

敌人在上面，我们怎么在下面打的洞子呢？这是战士们的智慧，也应当是个秘密！

看到末一个人渡过河，贺营长才带着两个通讯员和两个电话员到一连去看看。一连不必到屯兵洞去，所以早渡过河来。

这一带，山不大，可是很多，你挤着我，我遮着你。走到个适当的地方，贺营长立住，低声对谭明超说："看见了吧？那是'老秃山'的主峰，明天这个时候，红旗已经插在那里！"

"一定！"谭明超看着那秃秃的、凶恶的主峰说。

17

时间仿佛是停住不动了！屯兵洞是那么矮、那么窄、那么小、那么潮湿，战士们到里边一会儿就已感到烦闷。空气慢慢地减少，变热，衣服穿不住了。可是，不能出去，绝对不能出去，敌人就在上边！不能脱衣服：你紧挨着我，我紧贴着你，左右靠得严严的，对面膝顶着膝，谁也不能动一动；身上都带着那么多的武器，一脱衣服就必发出声响；敌人就在上面啊！什么时候了？熬过几点钟了？天亮了吗？大家问，大家看表，啊，时间仿佛是停住不动了，过一分钟好像是过一年！

他们要在洞里过一夜一天啊！

干粮很充足，可是谁能下咽呢？他们热、闷、急躁，胸口上像压着石头！他们口渴，渴得厉害！有的是水，可是谁敢多喝呢？喝多了，小便麻烦哪！

这就是考验没受过长期的部队培养的人，没受过革命斗争锻炼的人，一定会狂喊着冲出去！可是，我们的英雄们却一动也不动地坐着，等候那仿佛不知什么时候才来到的冲锋命令！低声地，他们彼此安慰，谈论着他们所要学习的英雄，彼此鼓励打开手电筒，他们照一照手中的英雄事迹的连环图画，英雄的相片，英雄的小传。他们急、闷、烦躁、口干、腿酸，但是他们用英雄的形象，英雄的事迹，英雄的气魄，鼓舞自己去克服那无可忍受的苦痛！不能忍受痛苦，怎能实现英雄的决心！不受这么多痛苦，怎能担起抗美援朝斗争中的光荣任务！他们的毅力、镇定，深入心灵的组织性与纪律性，教他们宁可死在小洞里，也不抱怨一声，不违反命令！他们的高贵品质与崇高的革命英雄主义的精神，表现在战场上，宿营里，村落中，也表现在屯兵洞里！他们不仅是来自田间的纯朴的青年，而也是将要去做马特洛索夫与黄继光式的英雄人物。他们要忍受的就是一个英雄所要忍受的；这是考验，他们经得住考验。

在他们的头上的敌人兵营里，三五成群的敌兵正在玩着扑克牌，每一张牌上印着个裸体"美"人，口中用最淫秽的词汇发泄着卑鄙的感情。三十个或五十个的敌兵，正看着来自好莱坞的电影，欣赏着流氓与大盗的"英勇"行为。有的敌兵，独自凝视着刊物上的封面女郎或阅读着情杀案的侦探小说。有的敌兵正怀念着被美国的"援助"与"友善"造成的南朝鲜的、日本的或中国台湾的妓女。

山上与山下，相隔不过二百多米，多么不同的两个世界啊！

把红旗插上山去！我们要歼灭敌人，也唾弃他们的那种扑克牌，那种电影，那种"文艺"！我们尊重妇女、保护妇女，不使她们受蹂躏！

我们的几个小洞子是多么可爱呀！它们窄小、潮湿、闷气，可是里边坐着的都是英雄战士呀！多么纯洁的洞子，多么纯洁的人！这些小洞子里的语言、思想、感情，必能打败侵略，消灭丑恶！

有人昏过去，大家轻轻地、默默地，把他移到靠洞口的地方，吸些清凉的空气。小司号员邸家宝已昏过去两次，可是依然不肯退下去，他要跟别人一样地坚持到底。

炮声！炮声！我们的炮！我们的炮！什么时候了？刚刚正午！还要再等整整八个钟头！忍耐，坚持，我们已熬过了三分之二的时间啊！时间并没有停止，不是已经走了十六个小时吗？听我们的炮，多么雄壮，多么好听！打得好啊！再打！再打！

可是，我们的炮停止射击。前天，我们发射了那么多炮；昨天，一炮未发，今天却在正午只发了几十响。对！迷惑敌人，不教敌人摸到我们的规律！战争是斗智的事啊！

什么时候了？下午三点，四点，五点！多么慢哪！快一点吧！快！什么时候了？六点半，太阳落了山！快！快！七点，换句话说，就是十九时！

十九时！一切都已准备好！担架队在河东在河西都向前推进。观测员在南山在北山都进入观测所。电话员按段分布开。医生、护士，在包扎所在医院都已打点好一切。工兵在驿谷川渡口预备好……

春月发出清新的光辉，照亮了群山。"老秃山"是静静的，哪里都是静静的，隔着二三里可以听见驿谷川由石坎流下的水声。外面这么安静，坑道里和洞子里可万分紧张，每个人的心都在激越，只盼着群炮齐鸣，杀上前去！

十九时，营指挥所里程参谋长、庞政委、娄教导员都眼盯着表。团指挥所里李师长、陈副师长、乔团长、炮兵指挥员、炮团团长，都眼盯着表！

十九时，所有的炮兵单位的指挥员都眼盯着表！

十九时，贺营长到了屯兵洞。

"虎子"连长始终跟战士们坐在一起，忍受着洞中的苦痛。战士们知道连长的脑子受过伤，比别人更容易感到憋闷，屡屡劝他往外挪一挪，多得些外边的凉气。连长不肯。他必须以身作则，必须和战士们共甘苦。在实在忍受不住的时候，他咬上牙。刚刚缓过一口气来，他马上鼓舞左右的人。

营长到了，黎连长挪近洞口，吸到了几口凉美的空气。他马上想到战士们，应该教大家都出来吸些清凉的空气，舒展舒展已经僵直了的四肢。

他报告给营长：战士们情绪很高。尽管洞里是那么难过，大家可是没有一句怨言。

营长点了点头。营长深知道他的战士必能这样经得住考验。"大家的次序乱了没有？"营长问。他唯恐大家的排列次序在这么长的时间内，已经紊乱；那就在出洞进攻的时候需要重新调整队伍，耽误了时间。

"没有乱！我们怎么演习的，怎么做！营长放心吧！听到命令，我们马上整队出来，一点也不会乱！"黎连长低声地回答，话里带着满意的音调。

"好！"

"营长！还只有一个钟头，教大家肃静地出来，好不好？"连长请示。

"为什么？"

"洞里太闷气！战士们的手脚已经不灵活了！先出来透透气，活动活动，进攻的时候，动作好快啊！"连长以为自己的理由很充足，而且表现了对战士们的关切。

"绝对不可以！"营长斩钉截铁地说。"你们出来，万一敌人的炮火打到，伤了我们的人，谁负责呢？不要说多了，光把突击班班长打伤了，谁去指挥这一班？"

"营长，我明白了！可是……"

"可是什么？"

"也……也不会那么巧吧？"

"只许我们执行命令，绝对不许存侥幸的心！军长这么命令我们的！"

"是！营长！"

"到十九时三十分，我们的友军由南北进攻，为是把敌人的炮火吸引到两边去。听到炮声，绝对不许洞里的人动一动！传达下去。到二十时零分，我们的炮火急袭，可以教爆破班出去，往山上移动，等到我们的炮延伸，他们才可以接近铁丝网。其余的人，一定在二十时零四分出洞进攻，一分钟不差！"

"是，营长！"黎连长退回洞内，传达营长刚才交代的话。并且告诉大家，他几乎又做错了事。

战士们听了连长的话，精神为之一振，一致地决定再忍耐一个钟头。他们了解连长的心理，因为他们在过去也是每每专凭自己的勇敢，而想碰一碰看，明知危险而说"怕啥呢"。现在，他们看清他们和连长的看法是不对的；他们必须遵从营长的吩咐。

贺营长去到每一个屯兵洞，依照不同的情形分别做了交代。在他来到阵地之前，曾经这么想过：一切都已经预备好，每个战士都知道自己的任务，他自己实在没有亲自上阵的必要。首长们迟迟地批准他亲自来领导强攻是有道理的。现在，他可是看明白，他幸而亲自来了。我们的干部与战士的极度勇敢，和过去作战的经验，使他们很容易忘记了计划，或临时改变了计划。他必须亲自在阵地，随时地交代，减少错误。他必须在这里，作为老经验与新经验中间的桥梁，和上级首长与战士们中间的桥梁。

"十九时三十分！"乔团长在指挥所喊了一声。一秒不差，"老秃山"南边约有一千公尺远的德隐洞北山打响了！这是按照团长的布置，三营的小出击部队先猛扑那座小山。

听到枪声，黎连长把虎眼睁圆，低声而有力地说："听！南边打响啦！真跟钟表一样准！"

战士们都想欢呼，可是谁也没出声。连这样，连长还轻喊了句："肃静！"

紧跟着，北边，约有一千五百公尺远的石岘洞北山上，也打响了！

这也是事先布置好的友军的出击。

"看！"黎连长对大家低声地解释，"南边北边一齐吸引敌人的炮火，好教咱们顺利进攻，不受阻碍！"

果然，"老秃山"后面，敌人的炮群向南向北开始射击。

"这就是斗智呀！"连长非常得意地说，"打这样的仗真长见识！同志们，我们必须极快地攻上去，别等敌人的炮火掉过头来！"

十九时四十五分，消息传来，三营的出击部队已经占领了南边的小山！

战士们的心都要跳出来。三营已经得胜。"我们还等吗？进攻吧！"

"不准动！"黎连长的命令紧跟着，他鼓动："三营胜利了，我们能丢人吗？一定不能！好，还有十分钟，准备！"

营指挥所里，炮兵各单位，都在电话机上听到乔团长的声音："十九时五十分！十九时五十分！"

乔团长的眼盯住了表，所有的人都眼盯着表。乔团长的大长脸上煞白，带着杀气。还有十分钟！十分钟！一切的准备，一切的心血，一切的热汗，都为了二十时零分！顺利还是困难，政治的与军事的影响，都取决于二十时零分炮一响，没法子再收回来！他是团长，他负实际准备与指挥的责任！

当他打游击战的时候，他曾改扮成乡下人，独自闯进住满了敌兵的小城，和敌兵擦着肩膀走来走去。凭他的身量、他的眼神，谁肯相信他的乔装改扮呢？他自己恐怕也不大相信，所以一手揣在小褂的襟里，手指勾着枪。谁敢过来抓他，谁就先吃一枪弹！他大胆、单纯、快活，像做游戏似的担任着艰险的任务。可是，那是好久好久以前的事了。现在，他是团长，掌握着一盘新的作战机器，不许出一点障碍！

不是吗，在一切都已准备停妥，军长还亲自问他：能打不能打吗？

稳重敦厚的师长也看着表。他的脸上依然微笑着，他相信他的部队必能打胜。可是，他一根接着一根地吸烟。他也有不放心的地方——我们的战士勇敢，但是勇敢的人往往不按照计划做事；打乱了计划是危险的！

陈副师长看着表，黑亮的眼珠上最黑最亮的那儿顶着一点笑意。他心中正在比较敌我的力量：敌人用兵确是像使一盘机器，不过那盘机器的动力是督战员的手枪和机关枪；后面不用枪督着，前面的士兵不往前挪动！我们呢，现在只可以说是一盘还不十分精致的机器，可是我们的动力是正义性，是阶级觉悟，是爱国主义与国际主义。行了，我们的力量大！希望我们的机器一天比一天完美！他微笑了一下。

在营指挥所里，程参谋长的脸上显着分外聪明，好像心中绝对有底，即使攻上山去，完全打乱，他也会有办法再整顿好。他不顾虑什么，他相信自己的指挥才能！

庞政委不动声色地静静地坐着，他在关切战士们现在的思想情况如何，情绪如何。他颇想到屯兵洞去看看。

娄教导员的心情跟庞政委的差不多。他特别关切着黎连长，甚至于对于贺营长也有点不放心——万一他一听见枪响就忘了指挥，而亲自动手去战斗呢？他也想到屯兵洞去看看。

可是，贺营长知道怎么控制自己。时间快到了，他不由得解开了衣扣。按照过去的习惯，每逢上阵，他身上不留一点累赘，连外衣都脱掉，为是动作灵便。只解开一个纽扣，他笑了一下，又把它扣好。今天，今天，他要像个营长，整整齐齐地上阵！

只差五分钟了！

．．．．．．．．．．．．

乔团长对着电话机高喊："二十时零分！"

话刚出口，几十门炮的炮弹也都出了口！"老秃山"变成了一条火龙！驿谷川中的春水闪动着一片红光！

18

我们的炮火急袭，黎连长命令：爆破班出发，往山上运动；等到炮火延伸，立即接近铁丝网。

煎熬了一天一夜的爆破英雄们，听到命令，立刻忘了疲乏，忘了肢体的酸痛，迅速轻巧地出了屯兵洞。他们甚至顾不得长吸一口外边的空气，多么清新甜美的空气啊！震动天地的炮声与山上的火光使他们忘了一切，只顾迅速投入战斗。

借着月色与山上闪闪的火光，他们能清楚地看见彼此。他们一声不出，极快地按照战前演习好的样子排好，前进。他们熟悉地形，每一步都走得迅速而正确。他们用不着彼此呼唤，只点一点头或拉一把就表现出彼此的深厚关切，同时也就是彼此鼓动。一同上阵的英雄们只有一条心——执行命令，取得胜利。

功臣邓名戈把新战士岳冬生多带的爆破筒拿过去，替他拿着。岳冬生看出战友的心意。邓名戈的眼神说明："我力气大，我替你拿着！"

爆破班分成两组：第一组由班长率领，第二组由功臣邓名戈副班长率领。第二组里有章福襄、岳冬生、郦豪、贾兆惠几位英雄战士。

他们找到合适的地方，停止向前移动。我们的炮火继续急袭。听着自己的雄壮炮声，每个战士都感到骄傲，而且都眼盯着面前正被炮火破坏着的铁丝网，准备好决心与所有的力气，只要炮火一向前延伸就一跳跳到铁丝网的跟前。

炮打完四分钟，延伸。爆破班果然一跃，到了铁丝网跟前。

大家都知道，这里有七道铁丝网。到跟前一看，我们的炮火只打开了四道，还有三道。铁丝网有弹性，不易打断。好动感情的章福襄有些着急，邓名戈镇定地向他耳语："别慌！我们有办法！"

第二组当先，先把爆破筒安置好，拉开，破坏了一道障碍。敌人似乎感觉到了这里有事，开了枪。

"上！"邓名戈发令，"攻第二道！"

这一道简单，章福襄用大剪把它割断。邓名戈镇定地有力地又剪开一道。我们的炮弹呼啸着由头上飞过，敌人的枪弹嗖嗖地打了过来。没人注意，大家只一心地去剪断冲破铁丝网。三道残余的障碍都被打开。

可是，竟会还有一道，大概是敌人刚刚布置的。后面，一片杀声，我们的突击队攻上来了！红旗前导，战士紧随，人人呼喊，个个猛冲，像一阵狂风袭来。敌人打起照明弹。

山上已被我们的炮火打得遍山烟雾，灰土飞扬，虽有月光，虽有照明弹，仍然是一片迷茫。在这迷离渺茫之中，面前飞动着敌人的枪弹，唰唰地像阵阵秋风扫地；背后杀声震耳，红旗越走越近，眼看就到突破口章福襄急得乱跳，"爆破！爆破！"

"肃静！"邓名戈分外镇定。他正在细心考虑。

这新安上的一道铁丝网并不很高，可是很宽，黑乎乎的那么一大摊，到处向上伸着利刺，像个趴伏着的庞大凶恶的怪兽。走不过去，跳不过去，就是用炮打都需费很长的时间！邓名戈沉毅地考虑着：红旗即将来到，无法进行爆破；一爆炸，必定伤了自己的人。也不能教红旗倒退三十米，等爆破之后再上来，那耽误时间！况且，敌人似乎已发觉了这个突破口，火力已经越来越密！"老秃山"果然厉害：我们前天的和刚才的炮火只打垮了一部分地堡，多数的地堡是钢轨钢板筑成的，不易摧毁。这些没被破坏的地堡仍然会织成很厉害的火网！

红旗到了！

邓名戈下了决心。依然镇定，但十分激壮地说："同志们实现决心的时候到了！红旗必须快上去！搭人桥吧！"说罢，他直伸双臂，向前扑去，爬在那一大摊带着利刺的铁丝网上。

章福襄一言未发，把冲锋枪横举起来，扑向前去。新战士岳冬生看了看章福襄，只说了句："我跟着你！"扑向前去！战士郦豪、贾兆惠紧跟着扑向前去！五位英雄搭好一座胜利的人桥！

乜金麟排长连连跺脚："起来！爆破！我们怎能……都是革命同志！"

英雄邓名戈抬起头来："快过！快过！排长，你耽误了红旗就犯了大错误！"

乜排长眼含热泪："同志们，我给你们报仇！"说罢，一狠心，从英雄们身上跑过去。

"轻一点！轻一点！"红旗班与突击班的战士都忍泪跑过去。

黎连长上来了，一狠心，从人桥上跳过去，身后紧随着小司号员。小司号员打起信号——攻进了铁丝网！

人倒旗不倒，红旗已换了两次手。红旗又被阻住，前面一个地堡群疯狂地向下扫射；黎连长的电话员负伤！

黎连长双目瞪圆，看了看前后左右的战士。我们已有伤亡。可是，我们还都有组织，战士们的确做到了随时靠拢、随时组织。连长的心中有了底。

敌我的枪弹密如雨点，似乎可以互相碰在一处。

黎连长决定：只打地堡群中的那个最大的，不管那些小的；先攻上主峰最要紧。他只对功臣姜博安小组做了个手势；姜博安，由一个战士掩护，绕到大地堡的后边，塞进一个手雷。一声巨响，大地堡不再出声。

地堡群的火力稍弱了一些。黎连长下令：攻上主峰！

敌人反击，来了一个班。黎连长下令：散开猛打敌人败退。黎连长再下令：准备敌人再反扑，极快地组织起来他的虎目向左右前后扫视，我们的人不多，而二排还没来到！极快地，大家组织起来：连长和郜家宝一组，王均化和功臣宋怀德一组，另外还有柳铁汉班长，功臣姜博安，和四五个战士分为两组，四组分路进攻，遇见敌人就分路迎击。

敌人果然反扑，而且来了一排多人！敌众我寡，紧急！

黎连长回头望望，二排还没赶到！他吼声如雷，鼓动大家："同志们，坚持到底！二排就快来到！"

敌人越逼越近了！

正在这最紧急的关头，胸怀大志，久想立功的小司号员郜家宝灵机一动，计上心头，吹起冲锋号来！

在这影物迷离、血肉横飞之际，忽然听到清脆的号声，敌兵吓得一愣，都立住了。在这生死关头，一分钟，半分钟，以至几秒钟，都是宝贵的！

敌人立住了。功臣宋怀德趁机会跳出去，扔出一个手雷。手雷没响！敌人又往前逼！英雄宋怀德抱着一根爆破筒，一声不出，飞也似的闯入敌群，只一拉，火光四射，英雄和二十多个敌人同归于尽！残敌急退，跑进交通壕。柳铁汉班长追上前去。

柳班长的脚刚刚由英雄的人桥走过来，他的眼刚刚看见了宋怀德烈士的壮烈牺牲。他和他们天天在一处出操，在一处学习，在一处劳动，可是他们已把所有的鲜血都献给了国家，献给了正义。看见他们的痛苦与牺牲，他没有落泪，没有哀悯，他只咬上牙，只想给他们报仇！

可是，他也知道：连长的企图是先攻上主峰。他应当不应当去追击败敌呢？他须极快地决定。他决定追下去。要不然，那些残敌会组织起来，再反攻我们，或是逃入地堡，增强敌人的防御力量。"追！"他命令与他同组的一个战士。

咬着牙，几大步，他赶到了壕沟边上，借着照明弹的光亮，看见了那些残敌。他极快地搂枪。枪没响！子弹已用光！

假若他在沟沿上多愣半分钟，或者几秒钟，沟内的敌人就会打倒了他！不，他要保存自己，消灭敌人，为烈士们报仇！他像久有准备似的，没稍停一会儿，就大吼一声，跳入沟内，用没有子弹的枪比着敌人——一共有二十来个。

他面前的敌人跪下了，双手横举着卡宾枪。柳班长一伸手抓过来头一名敌兵的武器。正义的威严使敌兵丧胆。

这时节，壕沿上来了与柳班长同组的那位战士。

"去抄后路，全抓住！"柳班长喊。

只在说这么一句话的工夫，后面的敌人乱动起来，想逃跑。柳班长扔出手榴弹去，打倒了七八个，只有两三个逃掉。前面跪着不动的还有六个。

战士下来。二人先去缴械，而后柳班长说："把他们带走，交给营长！"

··········

铁丝网上的章福襄苏醒过来。揉揉眼，他高喊："冲啊！"那四位英雄都不应声，有的已经牺牲，有的身负重伤，昏迷不醒。章福襄滚下铁丝网。他的胸部腿上都受了伤，连看也不看，往上冲。

这正是柳铁汉在壕沟里抓了俘虏以后。章福襄的眼前三十来米，就是个地堡群，向突破口猛打机枪。他跳入一个弹坑。他切盼遇见一位战友，结成一个小组。可是，四外没有一个人。他只好等到了机会，一滚滚到一个地堡的洞口。从地上拾到一颗手雷，扔进去，一声巨响，里面马上冒起火来。敌人在里边乱叫。他闯了进去。洞子很大。里边有火苗，外边有照明弹，很亮。里边的敌人还在乱叫。他往里闯。拐一个弯，他打出三个手榴弹。顺着烟，他急往前冲，用冲锋枪猛打。敌人不叫了，全被打倒。

章福襄喘一口气，数了数，地上有六七个死尸，他出了地堡。隔四五米，又有一个地堡。他一出来，就被这一地堡封锁住，裤子上打穿好几处。他一蹿，又跳进一个弹坑，用冲锋枪猛打地堡的口子，头也不抬一抬。子弹打光。敌人也停了火。他跑近地堡，从侧面打进四个手榴弹，解决了它！他顾不得进去看看有多少敌人已被炸碎！

他的胸与腿都流着血，不知道疼。他跳，他跑，他攻击，有英雄的意志就有无穷无尽的力量。他的耳朵已经震聋，看枪口冒烟不冒才知道有无子弹。他忘了自己，只知道为邓名戈们报仇！他看明白：邓名戈等四人是教地堡的火器给打死打伤的；铁丝网上的利刺不至于要命。

新战士武三弟正在找人靠拢，奔章福襄来。"同志你消灭了几个敌人？"他睁着大眼睛问。

"没工夫记数儿！"章福襄满心怒火，不愿闲扯。"我打，你掩护，干不干？"

"干！我会掩护！"武三弟用力地点头。

上来七八个敌人，被两位战士打倒了四个，其余的退回壕内。武三弟上去看看。"同志！这怎么是个黑脸的？没打错吧！"

"哥伦比亚！"章福襄没有心思细解释。

"好家伙，这个身上中了六枪！"

"快过来！"章福襄叫。七八个小地堡一齐打他们，手榴弹一来就是十几个。

武三弟极快地躲，身旁还落了两个弹。敌人的手榴弹先旋转一会儿，才爆炸。章福襄喊："捡起来，往回扔！"武三弟完全信任老战士，拾起弹就往回扔。扔出去，他笑了："这倒怪有意思！"

章福襄的手被破片打伤。武三弟着了急："我给你包扎！"二人一同跳入弹坑。

教员沈凯和一位炊事员来到，给老战士包扎。

"教员！"章福襄叫，"你回去！你不该来！"沈凯一边包扎一边说："你赶不走我！我还要扔几个手榴弹呢！"

炊事员说："我背你下去吧！你的手伤啦！"

"没关系！"章福襄辩驳。"我在这里等着敌人，我还有一个手榴弹！"说着，他把手榴弹挂在小指上。他的惯于发红的脸上已没有了血色，但是心里还冒着火。

武三弟要去攻二十五号。可是，他又不肯丢下老战士章福襄。越急越拿不定主意。

"三弟，你走！去完成攻上二十五号的任务！我的腿不能动了！"

炊事员再劝："我背你下去吧！"

"休想！"章福襄下了决心。"我死不了！搭人桥我都没死嘛！我这颗手榴弹还可以打死好几个敌人！"

教员沈凯把自己带的四颗手榴弹交给了老战士。老战士笑了。

"我过一会儿再来看你！"炊事员说。说罢，同沈凯一道去寻找伤员。

武三弟独自向二十五号走，不敢回头看章福襄。

…………

红旗前进，向主峰上猛冲。

贺营长来到。他本在二排之后，却赶过来追上了三排。上山的时候，敌人的枪弹簌簌地在他的腿旁飞过去。他算计了一下：恐怕敌人的火力比我们估计的还要强得多。可是枪弹最密的时间只有半分钟左右。现在，已经不那么密了。他知道，敌人已经被我们打乱。到了刚被打垮了的地堡，他教谭明超留着神进去："在这里等我！这是我临时的指挥所！"说完，他向前追赶红旗。

人倒旗不倒，红旗手已换到第四个——覃俊秋。他又负了伤，张挺茂接过去。

"不要忘了红旗上的签名！不能教它倒下！"覃俊秋手按伤口，忍着痛嘱咐。

张挺茂来不及答话，举旗前进，一边疾走一边鼓动："同志们，冲啊！红旗上了主峰！"

染着英雄们宝贵的鲜血的红旗到了主峰。

张挺茂身受重伤。一手扶旗，一手扶伤口，他高唱起红旗歌。唱到了"为祖国，为毛主席"，他的头歪下去，断了气！

小司号员的眼快身轻，一跃而上，接住红旗，牢牢地插在主峰上。

只差几秒钟，二连的红旗也来到。二连三连在主峰上会师。黎连长、营参谋长、营长，全来到。

"发信号！"营长发令。小司号员放了信号枪，胜利的光芒，二红二绿，划破了天空。

观测员们向营、团指挥所报告：占领主峰！

乔团长看看表：二十时十一分；恰好七分钟攻上了主峰。在电话上，他告诉程参谋长："战事转入全面铺开，巩固胜利！"

19

营长在红旗前面交代："我暂在那个地堡里，"他指了指。"过一会儿，我搬到南边去，随时联络参谋长，整顿队伍，猛攻二十七号！"这时候，二十七号的一个大地堡正猖狂地向主峰射击。"教栗河清先消灭它！"

栗河清，一个瘦条温雅的四川人，正在附近。得到命令，他不慌不忙地瞄准，只一炮，把那个狞笑着的怪物打翻。

"进攻二十七号，先占领，然后再搜索。"营长继续交代，"照原定计划，教六班去打敌人的连部！教栗河清先消灭那两辆坦克，别教它们跑掉！"

参谋长带着队伍向二十七号进攻。

营长转向黎连长："整顿队伍，往下压，攻二十五号！二排打的地堡，由三排搜索。"

黎连长往下走，小司号员紧跟在后边。

"好哇，小伙子，你有了功！"连长夸奖小郑。连长非常高兴：他怀疑了好多时候的战术，竟自完全成功；首长们是真有学问啊！上来得这么快、这么齐，真像一盘机器啊！

"连长，咱们先插上的红旗！"小郑要表表功。

"一齐插上的！"眼前尽是英雄的事迹，连长也拿出英雄气度来。

"咱们先插上的！"

"放开点心吧，小鬼！两面旗上的血都一样地红！"小司号员不敢再说什么。

贺营长立在两面红旗前面，瞰视全山。他不能不感到光荣。可是，他赶快想到实际问题上来，告诉通讯员："到一连调一个排来，在这里抢修工事！快！"通讯员应声跑下去。

营长看出来：二十七号比较好守，前面是开阔地，我们的炮火可以拦阻敌人，机枪可以封锁阵地。二十五号才是敌人反扑必经之路，那里高，那里窄，我们不易仰攻，也无法多用人力。我们须在适当时间，放弃了它，坚守主峰和二十七号。主峰上必须有坚固的工事，还必须在拂晓以前修好！敌人反攻必在拂晓，他知道。

这时候，栗河清用三颗炮弹，把一辆坦克打翻，把另一辆打起了火。

贺营长笑了笑。敌人已被我们打乱，失去组织联络，否则那些坦克、火焰喷射器……要都发扬了火力，恐怕我们想到这里……连每战必胜的英雄都轻颤了一下！"真像个大刺猬，每一根刺是一挺机枪！"他心里说。

他来到"指挥所"。它附近的小地堡已都不出声，有的冒着烟，有的垮下去。

谭明超已把敌人的尸体拉开，用军毯盖好，用土掩盖了血迹。

"营长！"他的眉清目秀的脸上带出兴奋与紧张。"敢情手雷那么厉害！那些尸首都对不起来，不知道哪条胳臂该配哪条腿！"

"那就是侵略者该得的惩罚！你害怕不！"

"不！不怕！"为证明自己不害怕，小谭挑着眉毛往四下看，"这里不是蛮好吗？"

"蛮好！"营长笑了。"敌人还没开炮！一开炮，你把命喊出来，步行机也未必传出话去！"

"屯兵点还有人预备着呢！可是我一个人就行，我愿意把命喊出去！"说着，谭明超紧靠门口坐下，因为步行机的天线必须放在门外。

"通讯员！"营长叫，"你立在门口，监视着后山坡！不要动！"然后对小谭说："向营指挥所报告情况。"他坐在小谭的旁边。

小谭得意，今天果然如愿地和英雄营长坐在一处，做英雄的喉舌。

这时节，进攻二十七号的部队被敌人阻截在山洼里，那里有成群的地堡。栗河清跳入交通壕。他必须解决那些地堡。但是，火箭筒的威力大，至近也须打四十米以外，否则会打伤了射手自己。眼前的地堡全只隔十米左右！怎么打呢？

他不慌不忙地想办法。想出来了！在壕沿上，他连发六炮，打中六个地堡炮出口，他跳入壕沟，自己没有受伤！他创造了新的射击法！

地堡打开，有名的六班的萧寒班长，接到参谋长的命令，带领一个战斗小组，进攻敌人的连部。

柳班长去找他的队伍。

指导员姚汝良率领二排，在上主峰的半路中遇到黎连长。二人约好先分开，一左一右，边打边进，在与一排会合的集结点会合，一同进攻二十五号。

敌人的排部是控制两条主干交通壕的一座大地堡。由主峰下来，必由此经过，才能上二十五号去。因此，这座地堡吸引住不少我们的战士。

姚指导员要赶过来指挥，可是还没赶到就负了伤。他坐下，手捂伤口，指挥由主峰下来的人。

柳班长看见了他，飞跑过来。他已俘虏了六个，消灭了十来个敌人。但是，那还不能解恨。敌人残害了成千成万的和平人民，单是龙岗里就有三千多尸体，多数是妇孺！一见指导员受伤，他的愤恨更深了！"指导员！"他叫了声，立刻蹲下去，"我给你包扎！"

"不必！赶快到那儿去！"指导员指了指那个拦路的大地堡。"不要都挤在那里死攻它！留几个人封锁住它，其余的人向二十五号进攻！连长在右翼呢！"指导员的嗓子已喊哑，脸上煞白，可是两眼冒着怒火。

"我……"柳班长咬了咬牙，找不到话说。

"快去！这是我的命令！快争取时间！"

是的，争取时间！他自己就正在争取要在生命的最后几分钟里，尽到他的责任。每一秒钟里都有意志对痛苦的最激烈的斗争，他已看见必然来到的死亡，可是要在死前抵抗痛苦，争取多呼吸几次，好多尽一分钟一秒钟的责任！他是共产党员！

"我执行命令！"柳班长一狠心，把头扭开，冲向大地堡；耳中带着比野炮手雷还更响亮的声音——姚指导员的悲壮的哑涩的语声。

二排长正在地堡前指挥。柳班长传达了指导员的命令，并请求：他带三个人设法解决地堡，排长带领别人迂回过去。排长同意。

"留神！"排长嘱咐，"这个地堡是三层的，上中下都有人！"排长走后，四人定计。他们有一挺轻机枪。有人主张：只用机枪封锁，暂且不往里攻。

姚指导员的语声仍在柳班长的耳中。班长说："消灭它！消灭它！咱们的机枪在外面封锁它，我独自摸进去，你们俩听见我的声音，进去；听不到，别进去！都进去以后，我守中层，不教下层的人上来，你们俩攻上层，上层不会有好多人。你们解决了上层，咱们三个一齐攻下层！同意？好！我进去！"班长蹑到地堡跟前。

这时候，武三弟看见了姚指导员。指导员向他招手。"给你！"指导员把身上的两颗手榴弹交出来，"去！把这两个扔到二十五号去！"

接过手榴弹，武三弟愣在那里了，泪在大眼睛里转。"去吧！不要难过！"指导员说话已很困难。"你看，那里躺着的都是谁！"

武三弟看了看。"敌人！"

挣扎着，指导员笑出了声："敌人，一死就是一片！去吧，孩子，再打死他们一片！"

武三弟说不出话来，可是脑子并没有闲着。灵机一动，他飞跑下去。

找到了沈凯，他已喘不过气来。"要，要担架抬，抬指导员！"然后，他像野马似的往二十五号跑。

柳班长解决了那个大地堡。在一堆死尸中，他发现了一个中国人。他猜到：这是台湾来的美帝走狗，替敌人偷听我们的电话的。他的怒火冒起三丈，狠狠地踢了死走狗几脚，咬着牙骂："畜生！畜生！畜生！"他抓到两个俘虏，可能是排长、排副，因为都带着手枪。他派了个战士把俘虏送交营长。敌人的炮火到了。

我们的山上的、河边的以及"老秃山"山脚下的交通线一律受到猛烈的轰击。我们的运输队，担架队都受到损伤。我们的电线随时被炸断。驿谷川上的木桥被打坏。战斗越来越激烈。

"老秃山"在照明弹下，像一团火雾，忽明忽暗，忽高忽低，中间飞啸着无数的子弹。四山也都在爆炸，起火，冒烟，石走沙飞，天空、山上、地上、河中，都在响，像海啸山崩；炮声连成一片，枪声连成一片，分不清什么是什么。可是，"老秃山"上只落了空炸炮弹。主峰上像下着火雪。

敌人有隐蔽，我们在地面上，空炸可以不会伤及敌人。我们的炮火还击，展开了炮战。

这时候，谭明超真的要把命喊出来了，敌人的炮火是那么紧密，地堡已然像一只风中的小船，左右乱摆。他不能再倚墙坐着，省得摇动步行机！机器是在他怀里。炮震乱了音波，一会儿清楚，一会儿喑哑。他修理机器，他舍命地呼喊。他把嘴角喊破，流出血来。空炸，一会儿就炸断了天线。他冒着炮火出去，寻找木棍，寻找皮线，架起天线。一会儿，木根又被炸断。他不屈服，不丧气。看一眼英雄营长，他就来了力量；跟英雄在一处就必须克服困难。他渴，水已喝光，还渴，出去找皮线的时候，他看见地上扔着一个敌人遗弃的水壶。拾起来一看，水壶，那么小的一个东西，上面却有五个弹眼！

"好家伙！仗打得真厉害！"他赶紧扔下它。

在又一次出去找皮线的时候，小谭看见一个敌人的尸体上有个水壶。他把壶取了下来。打开盖，闻了闻，原来是酒。本想扔掉，可是一转念头："给营长拿回去！"他热爱英雄营长。

"营长，酒！"小谭得意而又恭敬地递出酒壶。营长看了看，看清它是敌人身上的东西。他问，"从敌人身上拿下来的！"

小谭点头。

"恨敌人不恨！"

"恨！"

"把它扔出去！"

小谭把它扔了出去，心里更佩服营长，也就决定忍耐，不再怕渴！

两个俘虏被带进来。一进来，那个排长赶快把手表摘下来，献给营长。他是从另一个世界来的，只知道买卖、贿赂、劫抢。他还不晓得志愿军是什么样的人。

营长摆了摆手。他很着急，不会说外国话。他明知无益，却还用中国话告诉俘虏："志愿军保护朝鲜的一草一木，永远不私取一草一木！你们打仗是为发财，我们打仗是为保卫和平！"

保存住自己的手表，排长高了兴。他用半通不通的朝鲜话说："美国的不好！我们是哥伦比亚！"

营长急于知道山上到底有多少敌人，可是话不通，他的脸红起来。"没有文化不行啊！连外国话都必须学啊！"他对小谭说。

他教通讯员把俘虏带下去。

"告诉三连，我搬到排部大地堡去。"营长告诉通讯员。"二连的电话还通，我自己告诉他们。"

到了大地堡，营长详细地看了一切，把文件都放在一处，准备带回去。他发现了十几个打好了的背包，整整齐齐地放在一块儿。莫不是敌人今天换防吗？他揣测。莫不是撤下去的刚要下山，我们就攻上来了吗？对！是这么回事！要不然，那些坦克怎会到我们攻上来才发动机器呢？这样，山上也许就多了一倍的人！要走的还没走，上来的也许都已上来！

自从一上山，营长就有这个感觉：敌人的火器比我们估计的还多！现在，敌人的兵力又增加了一倍！没有这么多敌人，专凭那么多地堡和火力，已经够难打的了，何况又增多了敌兵呢！他又调一连的一个班，来助二十五号。信号升起，我们占领了二十号。

营长想抽调二十七号的一部分兵力，增援进攻二十五号。可是，想了想，他不能那么办。他料到，到山上的哥伦比亚人被消灭得差不多了，才是美国兵来增援的时候。他须留着二十七号的人迎击敌人的反扑。

他很想到二十五号去看看，为什么还攻不下来。可是，他往外一迈步，小谭就抱住他的腿。"营长，你不能出去！通讯员会替你出去看！"

…………

由主峰下来，王均化见一个伤员，包扎一个，而后扶着或背着，把他们安置在可以隐蔽的地方；用白面撒上记号，好引起担架队的注意。他也把烈士们都移到一处，做好记号。一连气，他包扎了二十多个伤员。都做完，他往二十五号走。

没走好远，他看见小司号员东张西望地跑着，好像不知往哪里去好！他喊了声："小郜！"

郜家宝跑到，抓住小王的手，急喘着说："快！连长受了伤！"

两个青年像箭头似的飞跑下去。

过了刚被我们解决了的敌人排部，沿着由二十六号到二十五号去的主干交通壕，都是三五成群的地堡。过了这些零散的地堡，就到了二十六与二十五号两峰之间的山洼。这个山洼就是我们的一、二、三排的会合地点。我们要在这里集结，因为再过去就是一道关口！大大小小共有七八十个地堡！不过这一关，休想攻上二十五号去！

攻上主峰以后，各战斗小组分头去打地堡，一边打一边往二十五号进展，都要到山洼会合。

黎连长带着小司号员和一个通讯员向二十五号前进，他希望先到山洼，和副连长会合，部署怎么过关。他非常高兴，因为战士们都能按照计划分头进攻，把敌人打得七零八落，证明了新战术的优越性。而且，他反倒比小郶更谨慎了。小郶初次上战场，有机会就要试试手中的武器。一路上，每见一个地堡，他就想打上前去，都被连长阻止住。最后，连长把小郶在路上拾得的冲锋枪夺过来："小孩子不要乱放枪！"

"连长，我会打，我学习过了！"小郶往回要枪。

"学习过也不行！"连长经过这次的战术思想学习，还和从前一样勇敢，可是稳健多了，机警多了。同时，在攻上主峰之后，他领略到"老秃山"的厉害。以前，看到一两个地堡，他闹着玩似的就可以攻下来。可是，在这里，地堡是那么多，几乎使人没法防备，枪弹从四面八方，从头上、脚下、半中腰，都可以打过来！稍一失神，就中了敌人的暗算。

连长向来没这么谨慎过。他是那么谨慎，几乎使他有点看不起自己了！几次，他几乎喊出来："你们滚出来，和老子在平地上干干！"可是那有什么用呢，敌人就是不出来，只在地堡里暗中伤人！

再前进，面前是个大地堡，正往外打枪。郜家宝要动手，被连长一把抓住，扯倒在地。连长卧着往四下里看，见后面有自己的人。"得干掉它，别教它挡住后面的人！"他自言自语地说。

"我去！"小郜急切地要求，"试试我行不行！"

"等着！"连长细细端详地堡。

枪不打了，枪眼关上了钢板。

"真逗人的火呀，狡猾的敌人！"连长咬牙痛恨。"非干掉你不可！"这并非完全是任性，连长很怕它再忽然开火，教我们后面的人吃亏。他想好主意："小鬼，我打枪，招敌人再打开钢板还击。你到后面去，敲打后面枪眼的钢板。去！留神！"连长开了枪，敌人果然还击。

小郜绕到后边，叮叮当当地敲打钢板。

敌人中了计：没关上前面的钢板，就到后面去开枪。

"掩护我！"连长告诉通讯员。然后，猛一蹿，接近地堡，把手雷扔进去。

连长决定进去搜索。他必须彻底消灭这个拦路的地堡，好教我们后边的人顺利前进。

小心地搜索完，连长带着通讯员和小郜急速前进。正在前进，敌人的一冷枪打中连长的腹部。又一枪，打伤了通讯员的腿。连长当时昏迷过去。

见连长受伤，小郜发了狂！他爱连长！拿起通讯员的两个手雷，他不加任何考虑，就往前冲，想去消灭那放冷枪的敌人。可是，找不到敌人在哪里。他镇定了一下，决定先救护连长，急跑回来，找人给连长包扎。

他遇到小王。

连长的肠子被打穿。小郜已忍不住泪。王均化唤醒连长，连长手按着肚子，想坐起来，没有成功。头一句他问的是："我们的人呢？"

"都向二十五号攻呢！"王均化说。"连长，我给你包扎一下！我慢慢地，不会疼！"

"不必包了！"连长说话已很困难。"你们俩，去告诉三连的人，必须攻下二十五号，这是我的命令！"说罢，他闭上了眼。过了一小会儿，他的眼又睁开："扶我起来！"王均化快而准确地把连长的腹部包扎起来。连长右手按着腹部，左手扶着王均化，郜家宝支着他的腰，立了起来。

英雄看了看二十五号山峰，眼中落下两点泪来："我没能完成任务！好孩子们，放下我吧！"

两个青年轻轻地放下连长，连长已不再呼吸！

王均化忍泪端详地形，找到一个藏弹药的小洞。他急忙给通讯员包扎好，送他进小洞坐下，把枪也交给他。"拿着枪，你在这里看守着连长！过一会儿必定有人来抬他！"然后，转身和郜家宝抬起烈士，放在小洞旁边。

郜家宝叫了声："连长！我去给你报仇！"然后对小王说："走吧！你带我去打，你有经验！"

"我一定带着你！"王均化回答。

敌人确实被我们打乱，到处乱跑乱躲。两个青年还没走几步，就遇到三个敌人。王均化喊了声：打手榴弹就随着出去，打死两个，逃了一个。

两个青年再往前走，遇到个大地堡在壕沟边上。王均化指挥："你在壕沿上打三枪，敌人必还击你，我就扑过去！"郜家宝照计而行，王均化趁机会滚到地堡前。听一听，里边有人声。小郘也滚了过来，要绕到后边去，像刚才敲钢板似的那么办。小王一把拉住他。小王用带着的夹板推开了封护地堡枪眼的钢板，敌人刚要开枪，小郘的手雷已塞进去。等里面安静了，小郘要进去搜索，又被小王拉住，怕里面万一还有个活的呢。他有个手电筒，告诉小郘："我照这一角，你在那一角。要是里边有人，见亮必打枪，可打不着你！"二人就那么进去，里边已经没了活人。他们拖出两挺重机枪，放在门外，打扫战场的会把它们拿走。他们背起卡宾枪，又各拾几个手榴弹放在袋里。

出来，他们看见了我们的一排的人正和拦路的大地堡争斗。小王教小郘去打，他自己往前滚，因为他看见了一个伤员，离地堡不远。滚到伤员身旁，他一手按着伤员的头，背着他往前爬。伤员若一抬头，就还会挨枪。他面向地堡爬，越靠近地堡这一面，就越不会教地堡的机枪打着。到地堡一旁，他把伤员包扎好，安置在一个石崖下。

一排的战士看见了他们，非常惊异："你们俩怎么在这儿呢？"

两个青年告诉他们，连长已经牺牲。大家听了，一齐发誓，爬也要爬上二十五号去，执行连长的遗嘱在一排刚才过来的方向还有伤员，王均化告诉小郘："在这里等我，别独自去打，我先去包扎伤员！"

小王去包扎伤员。都包扎好，他把重伤的二人放在安全的地方，嘱咐轻伤的持枪保卫。然后劝告一个还能行动的："你下去叫担架，省得他们负第二次伤！"这样细心地布置好，他回来找小司号员。下了壕沟，正往前走，他头上来了一枪，把他的帽子打飞。这就是俘虏史诺所说的暗火力点。幸亏他的身量矮，他急忙翻上沟来。

找到了小司号员。郘家宝在等待小王的时节并没闲着，他从伤员身上取了十三颗手榴弹，三个手雷，一根爆破筒，三百发枪弹。枪上满是灰土；怕发生障碍，他从衣上撕下一块布来，把枪擦好。一边擦枪，他一边安慰伤员们："好好休息，一会儿担架就来！"

两个青年又见了面，都很高兴。在战场上，分别几分钟都好像许久没见了似的。要不分别这么一会儿，他们或者也不会注意彼此的样子。现在，彼此不由得打量了一番。郜家宝看看朋友：王均化的头上脸上都是泥土与炮烟，只有眼圈与嘴圈白一些。他浑身上下全是血点血块，衣服撕破了多少处，裤子只剩下了半截！因为卧倒与爬行那么多次。小郜告诉小王：

"连长活着的时候，老叫咱们小鬼，真像！"

"少说废话，打去！"

两个青年带好武器，向前进攻。一边走，王均化一边告诉小郜：

"小郜咱们俩要是有一个受伤，另一个可别管，照常往下打咱俩是好朋友，可不能因为照顾朋友就耽误了战斗！咱们都是青年团员！你明白我的意思？"

小司号员点头。"明白！我同意！"

就是这样，两个青年团员，包扎了四十多个伤员，打了七个地堡，缴获了成堆的武器，消灭了六十来个敌人，还捉到一名俘虏！

20

营指挥所的电话：二十五号怎样？

团指挥所的电话：二十五号怎样？

消息来到：姚指导员重伤！

消息来到：黎连长牺牲了！

消息来到：大地堡群打不通！

没人能拦得住贺营长了，他必须亲自出去看看不打下二十五号，战斗不能结束他必须完成任务，否则无以对英雄的称号！

小谭与通讯员百般地拦阻，都没有用。

"闪开！这是打仗呢！"营长再没有一点温和的样子。他的脸忽红忽白，二目瞪圆，身量忽然高起一大块来。通讯员要跟着，营长不许。"你在这里盯住后山，不许动一动！一有动静，赶紧找我！"

营长独自闯出去。

一到外面，营长不由得感到轻快。他的眼扫视着四面八方，他的脚步轻快而准确。他恢复了旧日的战斗生活，又呼吸到战场上的苦涩的腥气。

这点快意不大一会儿就过去了。他掏出来手枪。这个战场与众不同，他没看见过。炮声连成一片，敌我双方正在炮战。东一个西一个的地堡，打了这么半天，还在喷射着火热的钢弹。照明弹，十个二十个，悬在高空。下面，满山烟雾灰沙，不辨东西南北。各种信号，我们的与敌人的，连续打起。炮声，枪声，爆炸声，哨子声，人声，到处乱响，脚下面的土地在震颤。侵略与反侵略的力量像多少霹雳击打着这座秃山。贺营长不能不承认这是他生平所经历过的最凶恶的战场，只有我们的战士才敢来强攻。

再看，地上几乎摆满敌人的尸体，他须紧跳，才不至于被绊倒。离开头的钢盔，孤立的穿着靴子的腿，踩扁了的水壶，折了半截的卡宾枪，遍地皆是。

望一望，主峰与二十五号之间的大地堡群像一座小火山，这里起火，那里冒烟，有的地方疯狂地往外打枪。贺营长点了点头，"不怪攻的不快，的确难打！"他心里说。

他首先遇到一连的孟连长，一位性烈如火的山东人，带着被调来的一个班来助战。

"孟连长！"营长没想到他会在这里。"你应当照管着你的全连，教副连长到这儿来！"

"营长！我不放心，我不能不来！营长，你回去！"

大家的脸全是黑的，只有营长的脸还没有灰土，所以容易认出来。旁边有两三位伤员，都赶紧蹭过来，抱着营长的腿。"营长回去吧！我们负了伤，一定不下去，还去打，一定拿下二十五号来！"

他们是这么爱戴营长，营长受了感动。"你们不要再上去！我布置一下，必定回去！"

"营长，回去吧！这里的七八十个地堡已经解决了一大半，廖副连长已经上去了，就快到二十五号！营长放心吧！"

营长望了望，的确，二十五号下面的地堡正在起火，廖副连长真已攻到山下。营长放了心。"孟连长，听着不要硬打正面，用少数人吸引敌人，从侧面攻，迅速解决地堡群而后，赶快下去，支援廖朝闻！"

"我一定执行命令！营长放心吧！"

营长还想去看看廖副连长，可是不放心后山坡，于是，安慰了伤员，往回走。

回到指挥所，来了好消息：二连报告，敌人连部已被萧寒攻下，而且打死三个敌人军官，缴获了山上的电话总机！

"通讯员！盯住了山后，敌人的连部既被打垮，美国兵可能从山后攻一下。"营长说完，把敌人的卡宾枪、手榴弹，搬到身旁。

"干吗？营长！"小谭哑着嗓子问。

"没人警卫这里，敌人攻上来，咱们得自己动手打呀！"

"没那个事！敌人攻不上来，咱们有炮！"

"多留神，少吃亏！我自幼就是这样！好吧，向营指挥所报告二十五号的情况！"

刚报告完，通讯员喊："敌人的坦克，在公路上往南跑！"

这正是二十五号打得最激烈的时候，敌人的坦克想是来向二十五号开炮！

"要炮，打'狼线'！"营长喊。

来的不止坦克，还有敌兵，至少是一排。

我们的炮到，几条火墙砸在坦克上和敌人身上。敌人没攻上来。贺营长认识到：步炮协同作战是这次制胜的关键之一。没有战前的炮火猛袭，敌人的地堡和铁丝网就必原封不动，毫无破坏，那就增多了步兵进攻的困难，或者没有攻上来的可能！没有炮战，敌人的炮火必定为所欲为，步兵和运输部队必定受到很大的损失。没有炮兵支援，像刚才那样，步兵就会腹背受敌，不能迅速占领全山。这样认识到，他才更深入地了解到新战术的特点与优越。他长了经验。

廖副连长，同黎连长一样，学习了新战术之后就真照计而行。从一进铁丝网，他就始终且战且走，不贪功，不恋战。只是，有的地堡极难打，而且非打好就没法过去。敌人的工事设计是毒狠的。这可就耽误了我们的时间，损失了人力。

在集结点，副连长整顿了队伍，把自己的和二排与三排的都重新组织好，才开始进攻大地堡群。这是一场恶战。打下四十个地堡，廖副连长才找出一条路，由右侧抄过去。这是在一条千万发飞动着的子弹中间找出的路！这也必然是一条血路！

过了大地堡群，廖朝闻数了数，只有九个人，连他自己在内。

可是，他心中有底：经过这次战前准备与学习，每个人都知道打完一处，再到哪一处去。他不必等候后边的人，他们自己会奔向目标。

前进。快到二十五号了，又是一个大地堡，比一间屋子还大，里面有五〇机枪和重机枪。

功臣巫大海用两个手雷，解决了它。

打开地堡，副连长下令：

"都到地堡旁边隐蔽，擦枪。靳彪，用机枪封锁敌人。"

机枪手靳彪，在红旗上签了碗口大的名字的靳彪，才十九岁，身量不高，胆子比天还大，独自向前。

武三弟好像自天而降，忽然出现。"副连长，我跟他去，我会掩护！"大眼睛看清了副连长点头，急步追上靳彪。

二排长仇中庸带着几个战士赶到。副连长暗中得意，自己料事如神。有过战前那样的准备，谁也不会一散开就迷头。

这十几个人，除了副连长和两位战士，都已至少负过一次伤。可是，二十五号已在眼前，谁也不肯退下去。仇排长头上已受伤，却仍安安详详地说了句笑话："副连长，你的腿的确是快，一点伤没有！"副连长平日爱自夸腿快。

副连长笑了。

"腿快？我可没往后跑！从突破口到这里，我还没卧倒过一回！我快，我灵活，枪弹跟狗一样，专咬死眼皮的！"

大家全笑起来，精神为之一振。大家一致地感觉到：冲过那么多地堡，现在可以痛痛快快地打一仗了。地堡可恨，里边有什么坏胎，无从知道。现在可好了，活的敌人从山上下来，咱们就把他打成死的，多么痛快！

枪擦好，进攻。

一连的几位战士赶到，暂在地堡后休息。

敌人一个班、两个班地往下扑，我们等他们走近，开火，都被打倒。

大家越打越高兴，要马上攻山。副连长不许。"在这里多消灭些敌人，咱们进攻不就更容易了吗？"

敌人下来一个排，从壕沟里外分路来扑。我们的两挺机枪分头迎击。敌人不肯死战，拔腿就往回跑。副连长决定："追！紧追！跟敌人一齐上山！"

敌人紧跑，我们紧追，我们的脚尖踢着敌人的脚后跟。山上的敌人不敢开火，怕打了自己的人。我们"平安无事"地攻上了二十五号！

我们打起胜利的信号！

在山上，敌人继续反扑。我们的战士越战越勇。靳彪伤了两腿，还爬了上来，用机枪猛打。仇排长血流满面，不退。巫大海三处受伤，不退。

二十二时三十分，结束战斗的信号打起来。

副连长和靳彪掩护，大家转移。

接防的二营四连来到。

副连长带着队伍从原来进攻时的突破口出去。在这里，副连长的手被铁丝划破。"真他妈的！打完了，倒流了血！"他挂了气。一蹲，他蹿下山去，像条小豹子似的。

贺营长到主峰，会见二营李营长。主峰上又多了两面红旗——一营一连的一面，二营四连的一面。

一连修工事的时候，发现了一个旧地堡，两个旧暗火力点。贺营长提了意见：用地堡做指挥所，用暗火力点屯兵。这里屯上两班人，主峰就必万无一失。然后，他又告诉给李营长，一些怎样防守主峰与二十七号的意见。

"防备拂晓！"他恳切地说。"防备拂晓！一切工事必须在拂晓前修好！祝你成功！"

与二营长握手分别，贺营长扛着一挺轻机枪，带着小谭和通讯员下山。

"营长！"小谭已然困得睁不开眼，但还挣扎着说话。"把枪给我！"

营长笑了。"一夜没摸着打一枪，还不许我扛点胜利品？"

真的，一位打过多少次硬仗，老是领头冲锋的英雄，居然在一百九十五个地堡中间，没摸着打一枪，这是多么不好受的事啊！

可是，他学会了怎么不由自己冲锋、开枪，而粉碎了一百九十五个地堡的本领！他实践了对首长们的诺言！只去指挥，不去战斗。他执行了命令：严格遵守时间，多路突破，缩短纵深，全面铺开，各奔目标。并且，在两个半小时内，结束了战斗，歼灭了敌人！

他已不是当班长排长连长的时候的贺重耘了。他控制住为牺牲了的同志们报仇的悲愤，不去亲手杀死一个或几个敌人。他要尽到指挥员的责任，歼灭全山的敌人，消灭山上所有的地堡！他要对得起党与上级对他的期望，成个智勇双全的指挥员！

21

在上运弹药，下运伤员多少次之后，常若桂班长伤了脚，不能再行动。他冒了火，一边骂，一边自己包扎。他本想在战斗结束后，上主峰去看看红旗，红旗上有他的签名。现在，没法上去了。

"上不了山，我也不退出去！"他自言自语地说。说完，他爬到个冲要的地点，坐下，指挥担架。

抢救伤员的人都把伤员送到屯兵洞，登记，并领取光荣证——将来凭证评功。有的人运下四位伤员，而只领到两个证据，因为管登记的人少，忙不过来。

"别在那里等着！"常班长喊。"赶紧再上山！你运了多少，我有眼睛，我给你请功！信得及老常吧！"这就解决了问题，工作得更快了。

战斗结束，同志们要把班长抬走。班长瞪开长眼睛，喊："抬我？除非我入了棺材！给我一支卡宾枪！"缴获的卡宾枪很多，他拿了一支。挂着枪，他往回走。"哼！这还差不多！拐棍都得是胜利品！"

到了包扎所，女护士们招呼他，他理也不理；自己找了个地方，坐下，一手扶枪，一手放在膝盖上。老班长都好，可就是有点封建思想，看不起女人。

看着看着，一位女护士昏倒在地。从一打响，直到现在，她没坐下过一会儿。单是补液，她已给大家注射过两万多西西[1]。

常班长低下去眼皮，受了感动。

大家把女护士抬走以后，文工队的钮娴隆来了。她已经十分疲乏，可是还满脸发笑，慰问伤员。她跑过来，用双手拉住班长的大手。她的手是那么小、热、柔软、亲切，连常班长也不肯把大手撤出来了。他的老树根子似的大手被这两只小手包围住，他感到了温暖。

"把脚检查一下吧！上点药吧！"钮同志亲切地问。老班长不知如何是好了，愣了半天，很费力地说："同志，你多么大了？"

"十九！可老不长身量！"

班长又愣起来。"唉！"他叹了口气。"我的小妹妹要是还活着，今年大概有二十一二了，她属马……"

"她，她怎么啦？"

"不是教日本鬼子给活埋了吗？要不然，我还想不起当兵呢！小妹妹要是还活着……"

"她可能也来抗美援朝，做护士，或是……"

"真的！女人……不像我想的那么没有用！"

"我把你的脚打开吧？看，血都透过来了！"

"对！"

贺营长带着谭明超来到三营。大部分刚下来的战士都在这里。

刚一进洞口，小谭抱着步行机就顺着墙溜下去，坐在一汪儿水上，睡着了。他的嗓子已喊哑，嘴角裂开，脑子已昏乱——在最激烈的战斗中，他须一字不错地用暗语通话，修理机器，安装天线！哪一件事

---

[1] 西西：此处为容积单位 cc 的音译，1cc=1 毫升。——编者注

都是细致的，用脑子的事。

贺营长把他抱起来，放在炕上。

营长自己也疲惫不堪，可是不肯去休息，他去慰问每一个战士，庆祝他们的胜利。

战士们，刚由枪林弹雨中走出来，心神还没安定下去。他们的耳已震聋，牙上都是泥沙。他们确已很困，而想不起去睡；他们饥渴，而懒得去吃喝。他们只呆呆地坐着，好像忘了自己。他们好像还在等候命令，再去冲锋，再去杀敌。他们的钢铁般的意志，在激战之后，还有余勇；他们的钢铁般的身体，虽然已很疲乏，可是还不能马上松软下来。他们连烟也顾不得吸。他们自己不愿说话，也不愿别人说话，他们的心好似还在战场上，一时转换不到别的事情上来。

贺营长了解他们，从前他做战士的时候也是如此。他安慰他们，劝他们喝水吃东西。虽然他们不愿意动弹，可是深入心灵的纪律性还使他们服从营长。他们开始喝一点水，咬一小块饼干。

这小小的动作使他们的余勇由心里冲出来，他们要求再回战场，去消灭更多的敌人。

连贺营长自己也有同感。他刚把"老秃山"的全部地形都摸清楚，愿意在山中继续指挥，获得攻与守的全部经验。可是他对大家说：

"二营已经上去了，咱们应当休息。咱们这一仗打得不小！我草草地算过了：山上不是只有一个加强连，是两个！咱们正赶上敌人换防！咱们哪，至少消灭了五百个敌人，这不坏！山上，以前咱们估计，有六七十挺机枪，不对！至少有八十挺！想想，一共三里多地长的小山，有八十挺机枪，够呛！可是，不但机枪，连坦克也都教咱们打哑巴了，不简单！咱们缴获了多少东西，还捉到那么多俘虏！'老秃山'是真厉害，可是咱们把它攻下来了！"

营长一算胜利账，大家马上兴奋起来，争着说刚才的战斗经过。一提战斗经过，大家才确切地感觉到胜利与光荣。因为胜利与光荣是由他们的战斗得来的。连方今旺也骄傲地说："营长，我带回两支卡宾枪来！"

营长鼓励大家，特别对方今旺说："你行！就照这样往下干，别松劲，你也能做英雄！"

看大家已然有说有笑，营长去给团长打电话，报告他已转移下来。团长首先庆祝他的胜利。

对首长，贺营长勇于检讨自己——所以他立过那么多大功，还能始终保持住英雄本色。他说：

"团长，仗并没完全打好。大家的确一致地运用了新战术，可是还不彻底。攻二十五号，两次被地堡堵住。我们打得极勇，可是还欠灵活。班、排干部的指挥能力还不够，往往用全力死打一个地堡，忘了战斗的全局，忘了出奇制胜。打这样的仗，我体会出来，班、排的干部应占最重要的地位。只有他们打得机动灵活，战斗才会全面如意。当然，我该负全责，在战前准备期间，我的功夫还没下够！……"

…………

唐万善上士很满意自己的工作。首先，他采取了一条好路线。这条路绕脚一点，可是安全。"多走几步路，少挨炮，不上算吗？"他这么说服了大家。

他的话比谁说得都多，可是都发生了作用，并没白费。他随时鼓动大家，给大家出主意。看大家实在疲乏不堪了，他就说几句笑话，招大家笑笑，并且设法使大家轮流休息。到必要时，他还找个解决了的地堡，召集大家开个小会，让大家发表意见。像个魔术家似的，他随便往身上一摸，就摸出糖或香烟，送给大家。他还带着一筒牙膏，给伤员抹在口中，润一润唇舌，假若一时找不到水的话。

最使他满意的是他始终没对任何人耍态度、始终有说有笑，而不起急。他体会到：战斗不但使人勇敢，也增多了涵养。他打算在战后写一段快板，说明这个道理。战斗结束了，他还要求再上去搬运缴获的武器。最后，他背着五条枪，同炊事班长和小理发员，押着四个俘虏，往回走，走他发现的路线。

这时候，已是三点钟左右。若是没有美帝侵略，这应是山村中鸡声报晓的时候。因为一夜的疲劳，身上的武器又重，上士落在了后边。

前面小理发员忽然狂叫了一声。上士马上端枪向前飞跑。

小理发员被人家按倒在地，正乱滚乱踢。炊事班长跳过去，一枪把子打中敌人的头。另外一个敌人逃跑，上士赶到，开枪，没有打中。他细一看，被打破头的原来是个李伪军——在这里打埋伏，想劫救俘虏，可能也把小理发员捉去。

可是，那四个哥伦比亚俘虏始终连动也没动。他们大概看清楚：逃了回去也还是给美帝侵略军挡头阵、做炮灰，不如当俘虏可以保住性命。

那个李伪军满脸是血。上士教班长给他包扎一下。包扎好，李伪军摘下美国造的手表，送给上士，上士啐了一口，呸！然后用朝鲜话说："美帝走狗，跟着走！"

一边走，上士一边教导理发员："无论在哪里，时时刻刻，都要警惕记住我的话吧！"

....

闻季爽拼了命。他的浮桥起了作用。木桥未断，两桥齐用，一往一来，减少拥挤。木桥一断，就用浮桥和那两只小船。小船走的慢，改用绳子拉纤。同时赶修木桥。为修木桥，他下到水里去，呼喊："有人就有桥，同志们，干哪！"

大家齐喊："干哪！十分钟，把桥修好！"

闻季爽的脚上受伤，不肯退下去；多一个人多一分力量。他是团员，必须带头。桥修好，他去站岗，指挥交通，催促大家快走："快走啊！快！别等炮火打来！"

因为有激烈的炮战，敌人不能为所欲为，渡口有时候能维持半个钟头的安静。可是，敌人的炮火忽然来到，一分钟就能落一百多弹，木桥又断！再下水，再抢修！闻季爽的棉衣湿透，面上光滑，所以炮弹碎片不能深入。虽然如此，他已身受六伤，仍然坚持。一边工作，他一边喊："死活为了人民！死活要在桥上！"

这样，我们的弹药、药品、干粮，仍旧源源而来。我们的伤员能及早下去就医。

....

同时，不管炮火多么密，我们的有线电话始终畅通。线断就接，接上又断，再接。不敢照亮，摸着黑去查，摸着黑去接。离河不远的一条线，在这一夜，断了三百六十节！

同时，通讯员们冒着炮火，到各处送人、送信。他们的路熟，他们掌握了敌人炮火的规律，他们又不顾一切地争取立功。

同时，我们的炮兵及时地支援了步兵，破坏铁丝网，破坏工事，压制敌人的炮火，阻截敌人的增援反扑；没有一个人擅离阵地，都决心与阵地共存亡！

同时，我们的运输员，受炮火威胁最大的运输员，有了伤亡，马上重新组织起来，前仆后继地上运弹药，下运伤员。运输连连长年岁既大，而且有病，也还亲到阵地去指挥，并且用自己的双肩当作梯子，背靠陡坡，使抬担架的踩着他的双肩过去，好教伤员少受震动与痛苦！十四个担架一连气都从他的肩头上走过去！

同时，我们的医生与护士都尽了他们最大的力量，拿出最多的机智，减少伤员的痛苦，设法使伤员快活舒适。存水用尽，他们就设法到弹坑里取水；弹坑的水尽，他们便跑到河边去，冒着猛烈的炮火取水。伤员们要喝粥，他们便燃起炭盆，用水壶熬粥。他们从一个洞子跑到另一个洞子，去照顾伤员，医治伤员，洞与洞之间有四条封锁线！他们不仅医治自己的伤员，也照顾受伤的俘虏。看着俘虏们得到治疗，拿起蛋糕来吃，他们感到快活！他们执行了宽待俘虏的政策。就是这样，人人奋勇，个个当先，一个思想，一个意志，我们在三小时内粉碎了"老秃山"上的一百九十五个地堡，砍掉了"老秃山"的秃头，挖掉监视上下浦坊的眼睛！

22

二营的四、五、六连轮守"老秃山"。

我们采取了"前少后多，随伤随补"的打法，把武器放在打中敌人心窝的地方，用最少的兵力，消灭最多的敌人。

二十四日天刚亮，敌人用三个连的兵力大举反扑，连扑两次。中午，敌人越发疯狂，接连不断地冲锋。下午四时，敌人由南由北，各以一营的兵进犯，配有坦克十二辆，我们的炮火发扬了威力。

我们的坦克出动，由高射炮掩护。

我们的战士守住阵地。

这一天，我们歼灭了五百多敌人。单是英勇的四连九班就杀伤了一百五十个敌人，班中只有二人受伤。交通壕全被炮火打平。

二十五日，拂晓下雨，敌人利用雨声，悄悄地全面反扑，用了四个连的兵力，还有八辆坦克。一上午，敌人冲锋九次！敌人的炮火开始摧残山上的地堡。

这一天，敌人又伤亡了七八百人。

二十六日中午，敌人的飞机出动。先只扫射，而后轰炸。

听到轰炸的消息，乔团长报告给几天未得休息的师长："师长可以睡了，敌人放弃'老秃山'！"

"怎么？"

"敌机轰炸山上！"

"命令我们的人都下山，不留一个！好教敌机专炸自己的地堡，炸不着我们一个人！轰炸后，我们再上去。"师长说完，一歪身就睡了，嘴角上微笑着。

我们的战士都下了山，我们的高射炮和敌机搏斗。陈副师长有些失望："难道敌人刚说必定夺回'老秃山'，就这么完了吗？"

团长回答："敌人已伤亡了两千来人，也许不愿再死两千了！"

二十七日，敌机继续轰炸——用自己的钢铁炸碎自己的钢铁，大军火商们的确做了好生意。并且，没有炸到我们一个人，只把许多敌人尸体炸得粉碎。

敌人广播："老秃山"已无军事价值。

二十八日，连敌机来得也不多了。

我们攻下了"老秃山"，守住了"老秃山"，胜利的红旗在主峰上随着春风飘荡。

…………

二十八日，金日成元帅和彭德怀司令员函复克拉克：同意先行交换病伤战俘，并建议应即恢复停战谈判。

三十日，周总理兼外交部部长发表了关于朝鲜停战谈判问题的声明。

我们的志愿军能强攻能坚守，"老秃山"一役就是强有力的证明。同时，我们一贯坚持的是和平政策！

…………

这一战，除了山上的武器，敌人还使用了七个到十个炮群，打了十万余发炮弹。敌机出动二百多架次，投弹五百多枚。

我们共歼敌人二千零六十二人，缴获坦克四辆，火箭筒五门，六〇炮一门，五〇重机枪三十二挺，轻机枪四十挺，半自动步枪七十支，卡宾枪五十二支，手枪十支，马枪一支，望远镜十一个，照相机二十个，步行机三部，电话单机十四部，电话总机一部……击毁坦克四辆，击落飞机三架，击伤飞机五架，击伤汽车两辆。

我们攻和守的部队出现了三百六十六名功臣，集体立功的班、排、连、营共十五个单位。

…………

无名高地果然有了名！

我们的胜利的消息传遍了全世界。

敌人自打嘴巴的响声也传遍了全世界——先说必定夺回"老秃

山"，没隔两天又说它已无军事价值。

敌人的内讧也传遍了全世界：哥伦比亚抗议把她的部队放在最危险的地方，而且当受到攻击的时候，美军竟坐视不救，使哥伦比亚营遭到惨败！华盛顿赶紧辩驳：并无此事啊！而且，小小的一个哥伦比亚营的营长怎会晓得美军司令部的调度与布置呢！

敌人的登陆进攻叫嚣也疯哑了许多，好像有什么硬东西卡住了喉咙。

…………

谭明超回到连部，马上就又向连长要求任务。他已经休息过来，不但忘了疲乏，而且觉得浑身有了更多的力气。他的胆量也更大了。"现在，老子一个人可以当十个人用了！"他斜翻着眼对自己说。

连长教他到"孤胆大娘"的住处附近去查线。

他嫌那里的工作太清闲，可是又一想呢，去看看"孤胆大娘"也有点意思。这些日子只顾了打仗，几乎把她忘了。

敌人夺不回"老秃山"，就不住地乱轰炸，乱开炮，虚张声势。

离那棵老松不远的地方，电线被炸断。谭明超正在接线，腿上受了伤，倒下。

炮又来了。他听得出，炮还是往这里打来，他想快快躲开，可是腿已麻木，不能动弹。

这时候，他觉出来，有人压在他身上。

炮弹炸开，他身上的人还不动。他慢慢地从下面挪出上半身来。

他和"孤胆大娘"脸对了脸。

她的太阳穴上往外冒血。她的脸上并没显出痛苦，还是那么镇定、祥和，好像刚睡熟了似的闭着眼，说不定哪一会儿就会醒过来。

他腿上的血染红了一片她的白裙，她头上的血滴在他的脸上。

不久，英雄营长贺重耘在古松的下面，借着春月的清辉，向"孤胆大娘"致了敬礼。

小司号员郜家宝和卫生员王均化，两位青年英雄，搀着谭明超，在英雄营长的身后，向她敬礼！

贺营长转身，望了望"老秃山"。

"后边的那些山也都得拿下来！"他对三个青年们说。

后　记

一九五三年十月，我随同中国人民第三届赴朝慰问团去到朝鲜。慰问工作结束，我得到总团长贺龙将军的允许，继续留朝数月，到志愿军部队去体验生活。

我在志愿军某军住了五个来月，访问了不少位强攻与坚守"老秃山"的英雄，阅读了不少有关的文件。我决定写一部小说。

可是，我写不出来。五个来月的时间不够充分了解部队生活的。我写不出人物来。

可我也不甘心交白卷。我不甘放弃歌颂最可爱的人们的光荣责任，尽管只能写点报道也比交白卷好。

于是，我把听到的和看到的资料组织了一下，写成此篇。这只能算作一篇报道。

这么交代一下，并不为卸责，而是有意说明：体验生活应该是长期间的事，大致参观一下是不中用的。没有真实的生活写不出文艺作品来。

我要对志愿军某军的军、师、团、营与连的首长们、干部们和战士们做衷心的感谢！没有他们的鼓励、照顾和帮助，尽管是一篇报道，我也不会写成！

篇中的人物姓名都不是真的，因为"老秃山"一役出现了许多英雄功臣，不可能都写进去，挂一漏万也不好。

老舍　一九五四年十二月　北京

一块猪肝

大中华的半个身腔已被魔鬼的脚踩住，大中华的头颅已被魔鬼的拳头击碎，只剩下了心房可怜的、勇敢的、不规则的尚在颤动。这心房以长江为血，武汉三镇为心瓣：每一跳动关系着民族的兴亡，每一启闭轻颤出历史续绝的消息。它是流民与伤兵的归处，也是江山重整的起点。多少车船载来千万失了国、弃了家的男女，到了这里都不由得壮起些胆来，渺茫的有了一点希望。就是看一眼那滚滚的长江与山水的壮丽，也足以使人咽下苦泪，而想到地灵人杰，用不着悲观。

江上飞着雪花，灰黄的江水托着原始的木舟与钢铁的轮船，浩浩荡荡地向东流泻；像怀着无限的愤慨，时时发出抑郁不平的波声。一只白鸥追随着一条小舟，颇似一大块雪，在浪上起伏。黄鹤楼上有一双英朗的眼，正随着这片不易融化的雪转动。

前几天，林磊从下江与两千多难民挤在一条船上，来到武昌，他很难承认自己是个难民，他有知识、有志愿、有前途，绝对不能与那些只会吃饭与逃生的老百姓为伍。可是，知识、志愿，与前途，全哪里去了？他逃，他挤，他脏，他饿，他没任何能力与办法，和他们没有丝毫的分别。看见武汉，他隐隐地听到前几天的炮声，看见前几天的火光。眨一眨眼，江汉关与黄鹤楼都在火影里，冒着冲天的黑烟。再眨一眨眼，火影烟尘都已不在；他独自流落在异乡。身下薄薄的一身西服，皮鞋上裹满各色的泥浆，独自扛着简单得可笑的一个小铺盖卷。谁？干什么？怎回事？他一边走一边自问。不是难民！他自己坚决地回答。旅馆却很难找，多少铁一般的面孔，对他发出钢一般的"没有房间！"连那么简单的铺盖卷都已变成重担，腿已不能再负迈开的辛苦，他才找到一间比狗窝稍大的黑洞。绝对不尊严的，他趴在那木板上整整睡了一夜，还不如一只狗那么警醒灵动。

醒来，由衣袋里摸出那还未曾丢失的一面小镜来，他笑了。什么都没有了，却仍有这方小镜照照自己。瘦了许多，鼻眼还是那么俊秀，只是两腮凹下不少，嘴角旁显出两条深沟，好像是刻成的，微微有些阴影。是自己，又不十分正确——到底不是难民！

放下小镜，他决定忘下以前种种。原先就不是凡夫，现在也不能是难民，明日还得成个有为的人物。这是一贯的，马上要为将来打算打算。

他过江去看看汉口。车马的奔驰，人声的叫闹，街道的生疏，身上的寒冷，教他没法思索什么，计划什么。他只觉得孤独、苦闷。街上没遇到一个熟脸，终日没听到一句同情的话，抱着自己过去的一切志愿与光荣，到今天连牢骚也无处去诉。这个处所是没有将来的。自己可是无论如何决不肯与难民为伍。买了份报，没有看见什么。他不能这样在人群中做个不伸手乞钱的流浪者，他需找个清静的地方，细细思索一番。把报纸扔掉，想买本刊物拿回旅馆去看——黑洞里不是读书的地方，算了吧；非常地别扭！不过，刊物各有各的立场；自己也有自己的立场；不读也没多大关系。自己的立场是一切活动——对个人的，对国家的——的基础。这个，一般人是不会有的，所以他们只配做难民，对己对国全无办法。

在黄鹤楼上，看着武汉三镇的形胜，他心中那些为自己的打算，和自己平日所抱定的主张，似乎都太小一点，眼前的景物逼迫着他忘了自己，像那只白鸥似的，自己不过是这风景中小小的一片；要是没有那道万古奔流、烟波万顷的长江，一切就都不会存在；鸥鸟桅帆……连历史也不会有。寒江上飞着雪花，翻着巨浪，武昌的高傲冷峻，汉口的繁华紧凑，汉阳的谦卑隐秀，使他一想便想到中国，想到中国的历史，想到中国伟大的潜在力量。就是那些愚蠢无知的渔夫舟子好像也在那儿支持着一点什么，既非偶然，也非无用，眼随着那只白鸥。他感到一种无以名之的情感，无限、渺茫，而又使他心中发热，眼里微温。

但是，这没有一点实在的用处。他必须为他自己思索；茫茫的长江，广大的景物，须拿他自己作为中心，自己有了办法，一切才能都有了办法。自己的主张，是个人事业的出发点，也是国家转危为安的关键。顺着自己的主张与意见往下看，破碎的江山还可以马上整理起来，条条有理，头头是道。他吐了一口长气。江上还落着零散的雪花；白鸥已不知随着江波漂到哪里去了。

是的，他知道自己的思想是前进的。他天然地应当负起救亡图存的责任。他心中看见一条白光，比长江还长，把全中国都照亮，再没一点渣滓，一星灰尘，整个的像块水晶，里边印着青的松竹与金色的江河。不让步，不搬动！把这条白光必须射出！他挺了挺胸，二十五岁的胸膛，吐出万丈的豪气。

雪停了。天天看见长江，天天坚定自己，天天在人群中挤来挤去，天天踩一鞋泥，天天找不到事做。林磊的志愿依然很大，主张依然很坚决，只是没有机会，一点没有机会！他会气馁，但是也不会快活。物质上的享受，因金钱的限制，不敢去尝试；决定不到汉口去，免得看见那些令人羡慕的东西，又引起气短与伤心，普通的劳作与事情，不屑于投效；精神上的安慰只仗着抱定主意，决不妥协。假若有机会得到大的事情做，既能施展怀抱，又能有物质的享受呢，顶好！能在精神上如愿以偿而身体受些苦处呢，也算不错；若是只白白受些苦，而远志莫伸，那就不如闲着。虽然闲着也不好受，可是到底自己不至与难民同流，像狗似的去求碗饭吃。

买了些本刊物，当不落雨的时候，拿到蛇山上去读。每读过一篇文字，他便尽着自己所知道的去揣摸、去猜想、去批判。每读过几篇文字，他便就着每一篇的批判，把它们分划出来：哪篇是哪一党一系的主张，哪一篇与哪一篇是同声相应，或异趣相攻。他自信独具卓见，能看清大时代的思想斗争的门户与旗号，从而自许为战士中的一员。这使他欢喜、骄傲；眼前那些刚由内地开出来的兵，各地流亡来的乞丐，都不值得一看；他几乎忘了前线上冰天雪地里还有多少万正规军队与义勇军，正在与敌人血肉相拼，也几乎忘了自己的家乡已被敌人烧成一片焦土；反之，他渺茫地觉得自己是在一间光暖的大厅中，坐在沙发上，吸着三炮台烟卷，与一些年轻漂亮的男女，讨论着革命理论与救亡大计：香暖，热闹，舒服而激烈。他幻想着自己已做了那群青年的领袖，引导着他们漂漂亮亮地、精精神神地发表着谈话，琢磨着字眼，每一个字都含着强烈的斗争力量，用一篇文字可以打倒多少政敌，扫荡若干不正确的观念。想到这里，他不由得想起许多假想敌来，某人是某党，某人是某派，都该用最毒辣的文字去斩伐。他的两眼放了光。立起来，他用力地扯了扯西服的襟，挺起胸来，向左右顾盼。全城在他的眼中，他觉得山左山右不定藏着多少政匪与仇敌；屋顶上的炊烟仿佛是一些鬼气，非立即扫清不可。

他这样立在抱冰堂前或蛇山的背上，恍惚地想到他的英姿是值得刻个全身铜像，立在山上，永垂不朽——革命的烈士。可是，每逢一回到小旅馆中，他的热气便沉落下去，所有的理论、主张与立场，都不能使那间黑洞光明一点点。他好似忽然由天堂落到地狱中。这他才极难堪地觉到自己并没有力量去克服任何困难，那真正逼着他来到此地受罪的，却是日本，而不是什么鬼影似的假想敌。到这时候，他才又想起在黄鹤楼头所得到的感触与刺激；合起全中国的力量去打日本仿佛才是最好的办法；内部的摩擦只是捣鬼。他想到了这个，可是不能深信，因为实际上去战争与牺牲似乎离他太远；他若这么去努力，就有点像狗拿耗子，多管闲事。他是生在党争的时代，他的知识、志愿，全由纸面上的斗争与虚荣而来。他的那身西服只宜坐在有暖气管的屋子里，他不能了解何谓"沙场"，何谓"流血"。他心中有"民众"这一名词，但是绝对不能与那把痰吐在地上的人们说过一句话。

他想安心写些文章，投送到与他的主张相合的刊物去发表，每一篇文章，他决定好，必须是对他已读过的某篇文字的攻击或质问。把人家的文章割解开来，他不惜断章取义地摘取一两句话去拼死的责难，以便突破一点，而使敌军全线崩溃。他一方面这样拆割别人的文章，一方面盘算自己的写法；费了许多功夫，可是总不易凑成一篇。他有些焦急，但是决定不自馁；越是难产才越见文艺的良心。

为思索一词一语，他有时候在街上去走好几里路。街上一切的人与事，都像些雾气，只足以遮障他的视线，而根本与他无关。正这样丧胆游魂地走着，远远的他看见个熟识的背影，头发齐齐地护着领子，脖儿长而挺脱，两肩稍往里抱着一些，而脊背并不往前探着，顶好看的细腰，一件蓝色的短大衣的后襟在膝部左右晃动，下面露出长而鼓满的腿肚儿。这后影的全部是温柔、利落、自然、真纯；使林磊忽然忘了他正思索着的一切，而给它配合上一张长而俊丽的脸，两只顶水灵的眼永远欲罢不能的表情，不是微瞋便是浅笑；那小小的鼻子，紧紧的口，永远轻巧可爱而又尊严可畏。他恨不能一步赶上前去，证明那张脸正和他所想起的一样。而且多着一些他所未见过而可以想象到的表情：惊异，亲切，眼中微湿，嘴唇轻颤，露出些光润美丽的牙来，半晌无语……那个后影是不会错的，那件蓝色短大衣是不会错的；他只需，必须，赶上前去，那张脸也必不会错，而且必定给予他无限的安慰与同情。他是怎样的孤寂悲苦呀！

可是他的脚不能轻快地往前挪。背影的旁边还有另个背影：像写意画中的人物，未戴帽的头只是个不甚圆的圈儿，下面极笼统地随便地披着件臃肿的灰布棉衣。林磊一时想不出这个背影最恰当的像个什么，他只觉得那是个布口袋，或没有捆好的一个铺盖卷，倚靠着她，是她的致命的累赘。她居然和这个布袋靠得很近，缓缓地向前走！他不能赶上去，不能使布口袋与他分享着她的同情与美丽。他幻想着，假若他的脸若能倒长着，而看见了他，她必会把那件带腿的行李弃下，而飞跑向他来。这既是决不会有的事，他的苦痛渐渐变为轻蔑与残酷：她并不是像他想象的那么真纯美妙。说不定，还许是因逃难而变成了妓女呢！不，她决不能做妓女！他后悔了。即使是个妓女，他也得去找她，从地狱中把她救出来。他在大学毕业，她刚念完二年级的功课……看着那俩背影，他想起过去的甜美境界。两年的同学，多少次的接触，数不过来的小小的亲密，——积成了一段永难消灭的心史。难道她的一切都是假的？为什么和个伤兵靠着肩？随着她，看她到底往哪里去！

马路上迎面过来一队女兵。只一眼，他收进多少纯洁的脸，正气的眼神，不体面的制服，短而努力前进的腿。她——他急忙把眼又放在那个背影上——莫非也是个女兵？他加快了脚步，已经快追上她，她和那个伤兵进了一座破庙，上台阶的时候，她搀起伤兵的左臂；右臂已失，怪不得像个没捆好的什么行李卷呢。破庙的门垛上挂着个木牌——××××伤兵医院。

林磊一夜没能睡好。那两个背影似乎比什么都更难分析，没有详密的分析，结论是万难得到的。救亡图存的大计，在他心中，是很容易想出来的；只要有一定的立场而思路清楚便会有好的言论与文章；大家都照着文章里的指示去做，事情是简单的。那两个背影却是极难猜透的谜。尽他所能的往好里想：她舍去小姐的生活，去从军，去当看护，有什么意义呢？多少万职业的士卒，都被打败；多添一半个女兵，女护士，有什么好处呢？女子真是头脑简单的动物！

一清早，他便立在破庙前，不敢进去，也想不出方法见到她。他只觉得头昏。天上有一层薄云，街上没多少行人，小风很凉，他耸着点肩，有意无意地看着那两扇破庙门。

门里有了脚步声，他急忙躲开。一个背着大刀的兵，开开庙门，眼睛直勾勾地立在木牌的前面，好像没有任何思想，任何表情，而只等着向谁发气与格斗。林磊无论如何也不能把她——假若她真是在此地做事——与这样的简单得像块木头的人们调和在一块。一些块干木头与一朵鲜花；一个有革命思想的女儿与一群专会厮杀的大汉，怎能住在一处呢？

他开始往回走，把手插在裤袋里，低头看着鼻子里冒出的白气。他的右肩忽然沉了一下，那个长而俊秀的脸离他只有半尺来远，可是眼中并没有湿，唇也并没有颤；反之，她的眼中有股坚定成熟的神气，把笑脸的全部支撑得活泼大方，很实在，而又空灵，仿佛不是要把一些深意打入他个人的心中去，而是为更广泛博大的一些什么而欣喜。

"磊，你怎么来的？"

磊答不出一个字。她的脸比往日粗糙了一些，头发有许久没有电烫，神情与往日大不相同；他得想一想才能肯定地承认她确是旧日的光妨。这么想一想的里面，却藏着些疏远与苦痛。

"磊，你怎么了？怎么直发呆？"光妨赶上了他的步度，靠住他的肩。

他想起那个布口袋。

"家里怎样？"她看了他的脸一下。

磊把手往更深处插了插。

光妨把头低下去："我的家全完了！父母逃是逃出来了，至今没有信！"

"可是你挺快活？"磊的唇颤动着，把手拔出来一只，擦了擦鼻子。

"我很快乐！"她皱了下眉，"当逃难的时候，父母失散，人财两空，我只感到穷困微弱，像风暴里的一个落叶。后来，遇到一群受伤的将士与兵丁，他们有的断了臂，有的瘸了腿，有的血流不住，有的疼痛难忍。他们可是仍想活着，还想病好再上沙场。他们简单，真是简单，只有一条命，只有一个心眼——把命丧在战场！我呢，什么也没有了，可还有这条命。这条命，我就想，须放在一个心眼里；我得做些什么。我就随着他们来到此处；做了他们的姐妹。"

"他们为谁打？他们不知道。"磊给满腹的牢骚打开了闸："他们受伤，他们死；为什么？不知道；你去救护他们，立在什么立场上，有什么全盘的计划？呕，把一两个伤兵的臂裹好就能转败为胜？"

光�笑了。"我没有任何立场与计划，我只求卖我个人的力量，救一个战士便多保存一分战斗力。父母可以死，家产可以丢掉，立场主张可以抛开，我要做马上能做该做的事。我只剩了一个理想，就是人人出力，国必不亡。国是我的父母，大家是我的兄弟姐妹。一路军也好，七路军也好，凡是为国流血的都是英雄；凡是专注意到军队的系属而有所重轻的都是愚蠢。"

"完全与青年会、红十字会的愚人一样，"磊的笑声很高，很冷："妇人之仁！"

"是的，我将永不撒手这个妇人之仁。"她没有笑，也没有一点气："我相信我自己现在不空虚，因为我是与伤兵们的血肉相亲：我看见了要国不要命的事实，所以我的血肉也须投在战潮中。假若兵们在我的照料劳作而外，还要我的身体，我决不吝惜；我的肉并不比他们的高贵。可是，他们对我都很敬重；我袋中有一角钱也为他们花了，他们买一分钱的花生也给我几个。在这儿，我明白了什么叫作真纯，什么叫作热烈。"

"连报纸也不看？"磊恶意地问。

"不但看，而且得由我详细的讲解：在讲解之中，他们告诉我许多战绩、人名、地名、风景、物产。他们不懂得的是那些新名词，我不懂得的是中国的人、地、事情。他们才是真正的中国人；生在中国，为中国而死，明白中国事。我们，"光妠又笑了，"平日只顾了翻译外国书，却一点不晓得中国事。美国闹什么党派，我们也随着闹，竟自不晓得那是无中生有白天闹鬼！"她忽然立住了，"哟！走过了。"

"走过了什么？"

"肉铺！我出来给刘排长买二毛钱的猪肝。"她扭头往回走，走了两步，又转回来。"他的血流得太多了，医院里又没有优待的饭食；所以我得给他买点猪肝。你有钱没有？这是我最后的两毛钱了！"

林磊掏出一块钱的票子来。她接过去，笑着，跳着，钻进一家小肉铺去。天上的薄云裂开一条长缝，射出点阳光来。也看见了自己的影子，瘦长地在地上卧着。

"妇女是没有理想的，"他轻轻地对自己说："一个最坏的孩子也是妈妈的宝贝儿！谁给她送一束花，谁便是爱人；到如今，谁流点血便是英雄！"他想毫不客气地把这个告诉她，教她去思索一下。

她由小肉铺轻巧地跳出来，手中托着块紫红的肝。她两眼盯在肝上，嘴角透出点笑，像看着个最可爱的小孩的脸似的。

他急忙地走开。阳光又被云遮住。眼前时时地现出一块紫红的猪肝——猪肝的一边有些人，有些事；猪肝的另一边什么也没有；仿佛是一活一死的两个小世界似的。

人同此心

　　他们三个都不想做英雄。年岁，知识，理想，都不许他们还沉醉在《武松打虎》或《单刀赴会》那些故事中；有那么一个时期，他们的确被这种故事迷住过；现在一想起来，便使他们特别的冷淡，几乎要否认这是自己的经验，就好似想起幼年曾经偷过妈妈一毛钱那样。

　　他们三个都不想做汉奸。年岁，知识，理想，都不许他们随便地跪在任何人的面前。

　　可是，他们困在了亡城之中。在做英雄与汉奸之间，只还有一个缝子留给他们——把忠与奸全放在一边，低首去做行尸走肉——照常地吃喝，到极难堪的时节可以喝两杯酒，醉了就蒙头大睡。这很省事，而且还近乎明哲保身。

　　是的，钻到这缝隙中去，的确是没办法中的办法。论力气，三个人凑在一起，不过只能搬起一块石头来。就说能把块石头抛出去，而恰好能碰死一个敌人，有什么用处呢？三个人绝对抵不了成群的坦克车与重炮。论心路，三个人即使能计划出救亡纲要来，而刺刀与手枪时刻的在他们的肋旁；捆赴行刑场去的囚徒是无法用知识自救的。简直无法可想。王文义是三个中最强壮的一个。差一年就在大学毕业了；敌人的炮火打碎他的生命的好梦。假若他愿意等着文凭与学士的头衔，他便须先承认自己是亡国奴。奴才学士容或有留学东洋的机会，当他把祖宗与民族都忘记了的时候。他把墙上的一面小镜打得粉碎，镜中那对大而亮的眼，那个宽大的脑门儿，那个高直的鼻子，永将不能被自己再看见，直到国土收复了的一天。忘了祖国与民族？且先忘了自己吧！被暴力征服的人怎能算作人呢？他不想做个英雄，可是只有牺牲了自己才算是认识了这时代给予的责任。这时代意义只能用血去说明。

他把范明力和吴聪找了来，两个都是他的同年级而不同学系的学友。范明力的体格比不上王文义，可也不算怎样的弱。眼睛不大水灵，嘴唇很厚，老老实实的像个中年的教师似的。吴聪很瘦，黄黄的脸，窄胸，似乎有点肺病；眼睛可很有神，嗓音很大，又使人不忍得说他有病。他的神气比他的身体活泼得多。

"有了办法没有？"王文义并没有预备下得到什么满意的回答的希望。反之，他却是想说出他的决定。

范明力把眼皮耷拉下去，嘴角微微往上兜着，作为不便说什么的表示。

"我们逃吧？"吴聪试着步儿说，语声不像往日那么高大，似乎是被羞愧给管束住。

"逃？"王文义低声地问，而后待了半天才摇了摇头："不，不能逃！逃到哪里去？为什么逃？难道这里不是我们的土地？"

"我也这么问过自己，"吴聪的语声高了些，"我并不一定要逃。我是这么想：咱们死在这里太可惜，而且并没有什么好处。"

"是的，我们是受过高等教育的，可惜；三个人的力量太小，无益。"王文义点着头说。忽然，他立了起来，提高了语声像个演说家想到了些激烈的话似的："可是，亡国奴是没有等级的，一个大学生和一个洋车夫没有丝毫的分别，再从反面来说不愿做亡国奴的也没有等级，命都是一样的，血，没有高低；在为国牺牲上，谁的血洒在地上都是同样的有价值。爱国不爱国，一半是决定于知识，一半是决定于情感。在为民族生存而决斗的时候，我们若是压制着情绪，我们的知识便成了专为自私自利的工具。保护住自己，在这时候，便没有了羞耻。站在斗争的外边，我们便失了民族的同情与共感。去牺牲，绝不仅是为做英雄；死是我们每个人应尽的义务，不是什么特别的光荣。想偷生的人说死最容易，决定去牺牲的人知道死的价值。我不逃，我要在这里死。死的价值不因成就的大小，而是由死的意志与原因，去定重轻。"

"我明白了你的意思！"范明力的厚嘴唇好像是很吃力的样子掀动着。"死不为是急速结束这一生，而是把一点不死的精神传延下去。"

"我再说，"王文义的宽脑门儿上涨出些红亮的光："我不是什么英雄主义，而是老实地尽国民的责任。英雄主义者是趁机会彰显自己，尽责的是和同胞们死在一块，埋在一块，连块墓碑也没有。"

"好吧，"吴聪把窄胸挺起来，"说你的办法吧！我愿意陪伴着你们去死！"

"我们先立誓！"

吴范二人也都立起来。

"吴聪，范明力，王文义，愿为国家而死，争取民族的永远独立自由；我三人的身体与姓名将一齐毁灭，而精神与正义和平永在人间！"

"永在人间！"吴范一齐应声。

一种纯洁的微笑散布在他们的脸上，他们觉得死最甜蜜，牺牲是最崇高的美丽，全身的血好像花蜜似的洋溢着芬香。他们心平气和地商议着实际的办法。最难决定的——死——已被决定了，他们用不着再激昂慷慨地呼喊，而须把最高的智慧拿出来，用智慧配合着勇敢，走到那永远光明的路上去。他们耳中仿佛听到了微妙的神圣的呼召，所以不慌不怕；他们的言语中有些最美妙的律动。像是回应着那呼召，而从心弦上颤出民族复兴的神乐。

在驴儿胡同的口上，无论冬夏老坐着一个老婆婆。灰尘仿佛没有扑落过来的胆气，她老是那么干净。穷困没有能征服了她，她那随着年纪而下陷的眼中，永远深藏着一些和悦亲善的光，无选择地露给一切的人。她的职业是给穷人们缝补缝补破鞋烂袜子；眼还没有花，可是手总发颤，做不来细活计了。她的副业是给一切过路人一点笑意，和替男女小学生们，洋车夫们，记着谁谁刚才往南去了，或谁谁今天并没有从这里经过，而是昨天太阳偏西的时候向北去了。这个副业是纯粹义务的，唯一的报酬是老少男女都呼她"好妈妈"。有人说，她本是姓"郝"的。

城陷后，胡同口上好几天没有好妈妈的影儿。大家似乎没理到这件事，因为大家也都没敢出来呀；即使大着胆出来，谁还顾得注意她：国土已丢失，一位老妈妈的存亡有什么可惊异的呢？

可是，她到底又坐在那里了。一切还是那样，但她不能再笑脸迎人。还是那样的一切中却多了一些什么：她所认识的旗子改了颜色，她所认识的人还做着他们的事，拉车的拉车，卖菜的卖菜，可是脸上带着一层羞愧。她几乎不敢再招呼他们。那些男女小学生都不上学了，低着头走来走去，连义勇军进行曲也不再唱。大街上依然有车有马，但是老有些出丧的味儿，虽在阳光之下，而显着悲苦惨淡。

活了六十多岁，她经过多少变乱，受过多少困苦，可是哪一次也不像这次这么使她感到愤恨，愤恨压住了她的和悦，像梦中把手压在了胸上那么难过。她看见了成群的坦克车在马路上跑，结阵的飞机在空中飞旋，整车的我们青年男女捆往敌营去吃枪弹，大批的我们三四十岁的壮汉被锁了去……这些都不足引起她的恨怒，假如这些事底下没有"日本"这两个字。活了六十多年了，她不怀恨任何人，除了日本。她不识字，没有超过吃喝嫁娶穿衣住房的知识，不晓得国家大事，可是她知道恨日本。日本一向是在人们的口中，在她的耳边，在她的心里，久已凑成一块病似的那么可恨。没有理由，没有解释，她恨日本。只有恨日本，她仿佛渺茫地才觉得她还知道好歹，不是个只顾一日三餐的畜生。现在，满天飞的，遍地跑的，杀人的，放火的，都是日本，而"日本"这两个字已经不许她高声地说出，只能从齿缝唇边挤擦出来。像牛羊在走向屠场时会泪落那样，她直觉地感到不平与不安。

最使她不痛快的，是马路那边站岗的那个兵。她对谁都想和善，可是对这个兵不能笑着点点头。他的长刺刀老在枪上安着，在秋阳下闪着白亮亮的冷光，他的脚是那么宽、那么重，好像唯恐怕那块地会跑开似的死力地踩着。那是"咱们"的地；好妈妈不懂得别的，那块地是谁的她可知道得很清楚，像白布上一个红团不是中国旗那样清楚。她简直不敢再往马路那边看。可是不看还无济于事，那白亮亮的刺刀，宽重的脚，时时在她的心中发光，踩压。

她慢慢觉出点奇怪来：为什么咱们不去揍他呢？揍人，是她一向反对的事，可是现在她觉得揍那个兵，日本兵，是应当的。揍，大家不但不去揍他，反倒躲着他走呀！咱们的那些壮小伙子简直没有心胸，没有志气，没有人味儿！假若她有个儿子，要去揍对面的那个兵，她必定是乐意的，即使母子都为这个而砍了头，也是痛快的。

她不愿再坐在那里，但又舍不得离开：万一在她离开的那会儿，有人来揍那个不顺眼的东西呢！她在那里坐得更久了，那个东西仿佛吸住了她。他简直像个臭虫，可恨，又使她愿意碰见——多嘴才有人来用手指抹死他呢！她血液中流着的那点民族的生命力量，心中深藏着的那点民族自由自立的根性，或者使她这样愤怒，这样希望。杀了这个兵有什么用处？她不知道，也不想去思索。她只觉得有他在那里是种羞辱，而羞辱必须洗扫了去。正像个小姑娘到时候就懂得害羞，这位老婆婆为着民族与国土——虽然连这俩名词都不会说——而害羞。凡是能来杀或打这个兵的，她便应当呼之为——容或她会说这个——英雄。她的心目中的英雄不必是什么红胡子蓝靛脸的人物，而是街上来来往往的那些男子，只要他敢去收拾那个兵。在她的心中，在王文义的心中，在一切有血性的人的心中，虽然知识与字汇不同，可是在这时节都会唱出与这差不多的歌来："国土的乳汁在每个人血中，一样的热烈，一样的鲜红；每个人爱他的国土如爱慈母，民族的摇篮，民族的坟墓。驱出国境，惨于斩首；在国土上为奴，终身颤抖，是灵魂受着凌迟，啊，灵魂受着凌迟！"

等着，等着那英雄，那平凡而知道尽责任的英雄。啊，那兵又换班了，一来一去，都是那么凶恶。啊，大队从南向北而去了，刺刀如林，闪亮了全街。啊，飞机又在头上了，血红的圆光在两翅上，污辱着青天。我们的英雄啊，怎么还不来？还不来？老妈妈的盼祷，也就是全民族的呼声吧？

老妈妈等了许多天，还没把那英雄等来。可是她并不灰心，反倒加紧地盼望，逢人便低声地打听："咱们怎样了呢？"那洋车夫与做小买卖的之中也有会看报的，说给她一些消息。可是那些消息都是日本人制造出来的，不是攻下这里，便是打到某处。那些地名是好妈妈一向没听到过的，但是听过之后，她仿佛有些领悟："咱们的地真大！"同时，她就更盼望那件事的实现："咱们怎不过去打他呢？哪怕是先打死一个呢？"她的针尖顺着拉线的便利，指了指马路那边。"好妈妈，你可小心点！"人们警告她。她揉揉老眼，低声地说："他不懂我们的话，他是鬼子！"

好消息来了！拉车的王二拿着双由垃圾堆上拾来的袜子，请好妈妈给收拾一下。蹲在她旁边，他偷偷说："好妈妈，今天早上我拉车到东城，走到四牌楼就过不去了，鬼子兵把住了街道，不准车马过去。听说我们两个小伙子，把他们的一车炸弹全烧完，还打死他们五六个兵！"王二把挑起的大指急忙收在袖口中，眼瞭了马路那边一下，刚碰到刺刀的光亮就收了回来。"俩小伙子都没拿住，"他的声音更低了些，可是更有力了些。"吃过饭，我又绕回去，那里还不准过人呢！听说那俩小伙子是跑进一家小肉铺去，跑进去就没影儿啦。好妈妈，你看肉铺的人也真有胆子，敢把俩小伙子放走！我们有骨头的，好妈妈？"

好妈妈几天没用过的笑容，由心中跳到脸上。"要是有人敢打那边的那个东西，我就也敢帮忙，你信不信？"

"我怎么不信？我要有枪，我就敢过去！好妈妈你别忙，慢慢地咱们都把他们收拾了！有了一个不怕死的，接着就有十个，一百个，一千个，是不是，对不对？"王二十分困难的把语声始终放低。"你看，鱼市上木盆里养着鳝鱼，必须放上一两条泥鳅。鳝鱼懒得动，日久就臭了。泥鳅爱动，弄得鳝鱼也得伸伸腰。我就管那俩小伙子比作我们的泥鳅，他们一动，大家伙儿都得动。好妈妈？"

"谁说不是！我在这儿等着，说不定明天就有人来打他，"随着"他"字，好妈妈的针又向外指了指。"他要是倒在那儿，我死了也痛快！我不能教小鬼子管着！"

第二天，好妈妈来得特别地早，在遇上熟人之前，已把笑容递给了红红的朝阳。

可是一直到过午，并没有动静。"早晚是要来的！"她自言自语地说。

都快到收活的时候了，来了个面生的小伙子，大眼睛，宽脑门儿，高鼻子。他不像个穷人，可是手中拿着双破袜子。好妈妈刚要拿针，那个小伙子拦住了她。"明天我来取吧，不忙，天快黑了。回家吗？一块儿走？来，我给拿着小筐！"

一同进了驴儿胡同，少年低声地问："这条胡同里有穿堂门没有？"

好妈妈摇摇头，而后细细地端详着他。看了半天，她微微一笑："我知道你！"

"怎么？"少年的眼亮得怪可怕。

"你是好人！"好妈妈点头赞叹。"我告诉你，这里路南的第十个门，有个后门，可是没法打穿堂儿，那是人家的住宅呀。"

少年没有言语。好妈妈慢慢地想出来："行！我要准知道你什么时候来，我可以托付倒脏土的李五给你们开开门。"

少年还没有言语。

"你的心，我的心，都是一样！"老妈妈抬头望了望他。"什么意思？"

"我说不明白！"好妈妈笑了。"你是念书的人吧？"青年点了点头。

"那你就该懂得我的话。"好妈妈的脸上忽然非常地严肃起来："告诉我，你明天什么时候来？我不会卖了你！"

"我明天早晨八点来！"

"就是卖杏茶的周四过来的时候？"

"好！卖杏茶的过来，那个门得开开！"

"就是！"

"你知道我要干什么？"

"知道！"

"啊？"

"知道！你的心，我的心，都是一样！"

次日，好妈妈早早就到了。她坐了好像一年的样子，才听到周四尖锐的嗓音渐渐由远而近："杏儿——茶哟。"好妈妈的手哆嗦起来，眼睛盯住那边的刺刀尖——一个小白星似的。"杏儿——茶哟。"周四就快到她面前了，她的眼几乎不能转动，像黏在了刺刀尖上。忽然，直像一条黑影儿，由便道上闪到马路边的一棵柳树后，紧跟着，枪响了，一声两声。那个兵倒在了地上。南边北边响了警笛。那条黑影闪进了

184

驴儿胡同。倒在地上的兵立了起来，赶过马路这边。南边北边的"岗"，也都赶到，像作战的蚂蚁似的，匆忙地过了句话，都赶进胡同中去。好妈妈停止了呼吸。等了许久许久，那些兵全回来了，没有那个少年，她喘了口气，哆嗦着拿起那双袜子来，头也不愿再抬一抬。

也就是刚四点钟吧，她想收活回家，她的心里堵得慌，正在这么想，取袜子的来了！她几乎不肯相信自己的眼睛！愣了一会儿，她把袜子递给他。他蹲在一旁，看着袜子，低声地问："早晨我打死他没有。"

好妈妈微微一摇头。"他装死呢，一会儿就爬起来了。"

"哦！下回得用炸弹！"他一边说着，一边掏出一块钱的票子来："妈妈和李五分吧！"

"留着用吧，我不要！"好妈妈摆了摆手。"你要是有枪啊，给王二一支，他也愿意干。"

"有的是人，妈妈！"

"你姓什么呢？"

"暂时没有姓名，"少年立起来，把袜子和钱票都塞在衣袋里，想了想："啊，也许永久没有姓名！再见，妈妈！"

"哎，下回来，打准一点！"好妈妈的心里又不堵得慌了。

他们三个又坐在一处，互相报告着工作，并且计划着以后的办法。

范明力的厚嘴唇仿佛更厚了些，增加了沉默刚毅的神气。吴聪的窄胸似乎已装不下那些热气，挺着细脖，张着点嘴，像打鸣的鸡似的。他——不像范明力——有点按不住他的得意，越想两三日来的成绩越高兴。王文义不得意，也不失望，而是客观地批判着：

"咱们的成功与失败都没关系，唯一的好处是把未死的人心给激动起来了。咱们的心，大家的心，都差不很多。我们只是做了应该做的事，至多也不过是先走了一步而已。好吧，我们商量明天的事；就趁热打铁，教这座城必定变成敌人的坟墓！"

一封家信

专就组织上说，这是个理想的小家庭：一夫一妇和一个三岁的小男孩。不过，"理想的"或者不仅是立在组织简单上，那么这小家庭可就不能完全像个小乐园，而也得分担着尘世上的那些苦痛与不安了。

由这小家庭所发出的声响，我们就可以判断，它的发展似乎有点畸形，而我们也晓得，失去平衡的必将跌倒，就是一个家庭也非例外。

在这里，我们只听见那位太太吵叫，而那位先生仿佛是个哑巴。我们善意地来推测，这位先生的闭口不响，一定具有要维持和平的苦心和盼望。可是，人与人之间是多么不易谅解呢；他不出声，她就越发闹气："你说话呀！说呀！怎么啦？你哑巴了？好吧，冲你这么死不开口，就得离婚！离婚！"

是的，范彩珠——那小家庭的女性独裁者——是懂得世界上有离婚这件事的，谁知道离婚这件事，假若实际的去做，都有什么手续与意义呢，反正她觉得这俩字很有些力量，说出来既不蠢野，又足以使丈夫多少着点急。她，头发烫得那么细腻，真正一九三七的飞机式，脸上是那么香润；圆圆的胳臂，高高的乳房，衣服是那么讲究抱身；她要说句离婚，他怎能不着急呢？当吵闹一阵之后，她对着衣镜端详自己，觉得正像个电影明星。虽然并不十分厌恶她的丈夫——他长得很英俊，心眼很忠厚——可是到底她应当常常发脾气，似乎只有教他难堪才足以减少她自己的委屈。他的确不坏，可是"不坏"并不就是"都好"，他一月才能挣二百块钱！不错，这二百元是全数交给她，而后她再推测着他的需要给他三块五块的；可是凭她的脸、她的胳臂、她的乳、她的脚，难道就能在二百元以下充分地把美都表现出来吗？况且，越是因为美而窘，便越需撑起架子，看电影去即使可以买二等票，因为是坐在黑暗之中，可是听戏去便非包厢不可了——绝对不能将就！啊，这二百元的运用，与一切家事，交际，脸面的维持——在二百元之内要调动得灵活漂亮，是多么困难恼人的事！特别是对她自己，太难了！连该花在男人与小孩身上的都借来用在自己身上，还是不能不拿掺了麻的丝袜当作纯丝袜子穿！连被褥都舍不得按时拆洗，还是不能回回看电影去都叫小汽车，而得有时候坐那破烂，使人想落泪的胶皮车！是的，老范不错，不挑吃不挑喝的怪老实，可是，只能挣二百元哟！

老范真爱他的女人，真爱他的小男孩。在结婚以前，他立志非娶个开通的美女不可。为这个志愿，他极忠诚地去做事，极俭朴地过活；把一切青年们所有的小小浪漫行为，都像冗枝乱叶似的剪除净尽，单单培养那一朵浪漫的大花。连香烟都不吃！

省下了钱，便放大了胆，他穿上特为浪漫事件裁制的西装去探险。他看见，他追求，他娶了彩珠小姐。

彩珠并不像她自己所想的那样美妙惊人，也不像老范所想的那么美丽的女子。可是她年轻，她活泼，她会作伪；教老范觉得彩珠即使不是最理想的女子，也和那差不多；把她摆在任何地方，她也不致显出落伍或乡下气。于是，就把储蓄金拿出来，清偿那生平最大的浪漫之债，结了婚。他没有多挣钱的坏手段，而有维持二百元薪水真本领。消极的，他兢兢业业地不许自己落在二百元的下边来，这是他浪漫的经济水准。

他领略了以浮浅为开通，以作伪为本事，以修饰为美丽的女了的滋味。可是他并不后悔。他以为他应该在讨她的喜欢上见出自己的真爱情，应该在不还口相讥上表示自己的沉着有为，应该在尽力供给她显出自己的勇敢。他得做个模范丈夫，好对得起自己的理想，即使他的伴侣有不尽合理想的地方。况且，她还生了小珠。在生了小珠以后，她显着更圆润、更开通、更活泼，既是少妇，又是母亲，青春的娇美与母亲的尊严连在一身，香粉味与乳香合在一处；他应当低头！不错，她也更厉害了，可是他细细一想呢，也就难以怪她。女子总是女子，他想，既要女子，就须把自己放弃了。再说，他还有小珠呢，可以一块儿玩，一块儿睡；教青年的妈妈吵闹吧，他会和一个新生命最亲密的玩耍，做个理想的父亲。他会用两个男子——他与小珠——的嬉笑亲热抵抗一个女性的霸道；就是抵抗与霸道这样的字眼也还是偶一想到，并不永远在他心中，使他的心里坚硬起来。

从对彩珠的态度上，可以看出他处世为人的居心与方法。他非常地忠诚，消极的他不求有功，只求无过，积极的他要事事对得起良心与那二百元的报酬——他老愿卖出三百元的力气，而并不觉得冤枉。这样，他被大家视为没有前途的人，就是在求他多做点事的缘故，也不过认为他窝囊好欺，而绝对不感谢。

他自己可并不小看自己，不，他觉得自己很有点硬劲。他绝对不为自己发愁，凭他的本事，到哪里也挣得出二百元钱来，而且永远对得起那些钱。维持住这个生活费用，他就不便多想什么向前发展的方法与计划。他永远不去相面算命。他不求走运，而只管尽心尽力。他不为任何事情任何主义去宣传，他只把自己的生命放在正当的工作上。有时候他自认为牛，正因为牛有相当的伟大。

平津像个噩梦似的丢掉，老范正在北平。他必须出来，良心不许他接受任何不正道的钱。可是，他走不出来。他没有钱，而有个必须起码坐二等车才肯走的太太。

在彩珠看，世界不过是个大游戏场，不管刮风还是下雨，都须穿着高跟鞋去看热闹。"你上哪儿？你就忍心撇下我和小珠？我也走？逃难似的教我去受罪？你真懂事就结了！这些东西，这些东西，怎么拿？先不用说别的！你可以叫花子似的走，我缺了哪样东西也不行！又不出声啦？好吧，你有主意把东西都带走，体体面面地，像施行似的，我就跟你去；开开眼也好！"

抱着小珠，老范一声也不出。他不愿去批评彩珠，只觉得放弃妻子与放弃国旗是同样忍心的事，而他又没能力把二者同时都保全住！他恨自己无能，所以原谅了彩珠的无知。

几天，他在屋中转来转去。他不敢出门，不是怕被敌人杀死，而是怕自己没有杀敌的勇气。在家里，他听着太太叨唠，看着小珠玩耍，热泪时时地眯住他的眼。每逢听到小珠喊他"爸"他就咬上嘴唇点点头。

"小珠！"他苦痛到无可如何，不得不说句话了，"小珠！你是小亡国奴！"

这，被彩珠听见了。"扯什么淡呢！有本事把我们送到香港去，在这儿瞎发什么愁！小珠，这儿来，你爸爸要像小钟的爸爸那么样，够多好！"她的声音温软了许多，眼看着远处，脸上露出娇痴的羡慕："人家带走二十箱衣裳，住天津租界去！小钟的妈有我这么美吗？"

　　"小钟妈，耳朵这样！"小珠的胖手用力往前推耳朵，准知道这样可以得妈妈的欢心，因为做过已经不是一次了。

　　趁小珠和彩珠睡熟，老范轻轻地到外间屋去。把电灯用块黑布罩上，找出信纸来。他必须逃出亡城，可是自结婚以后，他没有一点儿储蓄，无法把家眷带走。即使勉强的带了出去，他并没有马上找到事情的把握，还不如把目下所能凑到的一点钱留给彩珠，而自己单独去碰运气；找到相当的工作，再设法接她们；一时找不到工作，他自己怎样都好将就活着，而她们不致马上受罪。好，他想给彩珠留下几个字，说明这个意思，而后他偷偷地跑出去，连被褥也无须拿。

　　他开始写信。心中像有千言万语，夫妻的爱恋，国事的危急，家庭的责任，国民的义务，离别的难堪，将来的希望，对妻的安慰，对小珠的嘱托……都应当写进去。可是，笔画在纸上，他的热情都被难过打碎，写出的只是几个最平凡无力的字！撕了一张，第二张一点也不比第一张强，又被扯碎。他没有再拿笔的勇气。

　　一张字纸也不留，就这么偷偷走？他又没有这个狠心。他的妻，他的子，不能在国危城陷的时候抛下不管，即使自己的逃亡是为了国家。

　　轻轻地走进去，借着外屋一点点灯光，他看到妻与子的轮廓。这轮廓中的一切，他都极清楚得记得；一个痣，一块小疤的地位都记得极正确。这两个是他生命的生命。不管彩珠有多少缺点，不管小珠有什么前途，他自己须先尽了爱护保卫的责任。他的心软了下去。不能走，不能走！死在一处是不智慧的，可是在感情上似乎很近人情。他一夜没睡。

同时，在亡城之外仿佛有些呼声，叫他快走，在国旗下去做个有勇气、有用处的人。

假若他把这呼声传达给彩珠，而彩珠也能明白，他便能含泪微笑的走出家门；即使永远不能与她相见，他也能忍受，也能无愧于心。可是，他知道彩珠绝不能明白；跟她细说，只足引起她的吵闹；不辞而别，又太狠心。他想不出好的办法。走？不走？必须决定，而没法决定；他成了亡城里一个困兽。

在焦急之中，他看出一线的光亮来。他必须在彩珠所能了解的事情中，找出不致太伤她的心，也不致使自己太难过的办法。跟她谈国家大事是没有任何用处的，她的身体就是她的生命，她不知道身外还有什么。

"我去挣钱，所以得走！"他明知这里不尽实在，可是只有这么说，才能打动她的心，而从她手中跑出去。"我有了事，安置好了家，就来接你们；一定不能像逃难似的，尽我的全力教你和小珠舒服！"

"现在呢？"彩珠手中没有钱。

"我去借！能借多少就借多少；我一个不拿，全给你们留下！"

"你上哪儿去？"

"上海，南京——能挣钱的地方！"

"到上海可务必给我买个衣料！"

"一定！"

用这样实际的诺许与条件，老范才教自己又见到国旗。由南京而武汉，他勤苦的工作；工作后，他默默地思念他的妻子。他一个钱也不敢虚花，好对得住妻子；一件事不敢敷衍，好对得起国家。他瘦，他忙，他不放心家小，不放心国家。他常常给彩珠写信，报告他的一切，歉意地说明他在外工作的意义。他盼家信像盼打胜仗那样恳切，可是彩珠没有回信。他明知这是彩珠已接到他的钱与信，钱到她手里她就会缄默，一向是如此。可是他到底不放心；他不怨彩珠糊涂与疏忽，而正因为她糊涂，他才更不放心。他甚至忧虑到彩珠是否能负责看护小珠，因为彩珠虽然不十分了解反贤妻良母主义，可是她很会为了自己的享受而忘了一切家庭的责任。老范并不因此而恨恶彩珠，可是他既在外，便不能给小珠做些忽略了的事，这很可虑，这当自咎。

他在六七个月中已换了三次事，不是因为他见利思迁，而是各处拉他，知道他肯负责做事。在战争中，人们确是慢慢地把良心拿出来，也知道用几个实心任事的人，即使还不肯自己卖力气。在这种情形下，老范的价值开始被大家看出，而成功了干员。他还保持住了二百元薪金的水准，虽然实际上只拿一百将出头。他不怨少拿钱而多做事；可是他知道彩珠会花钱。既然无力把她接出来，而又不能多给她寄钱，在他看，是件残酷的事。他老想对得起她，不管她是怎样的浮浅无知。

到武昌，他在军事机关服务。他极忙，可是在万忙中还要担心彩珠，这使他常常弄出小小的错误。忙，忧，愧，三者一齐进攻，他有时候心中非常的迷乱，愿忘了一切而只要同时顾虑一切，很怕自己疯了，而心中的确时时地恍惚。

在敌机的狂炸下，他还照常做他的事。他害怕，却不是怕自己被炸死，而是在危患中忧虑他的妻子。怎么一封信没有呢？假若有她一封信，他便可以在轰炸中无忧无虑的做事，而毫无可惧。那封信将是他最大的安慰！

信来了！他什么也顾不得，而颤抖着一遍两遍三遍地去读念。读了三遍，还没明白了她说的是什么，却在那些字里看到她的形影，想起当年恋爱期间的欣悦，和小珠的可爱的语声与面貌。小珠怎样了呢？他从信中去找，一字一字地细找；没有，没提到小珠一个字！失望使他的心清凉了一些；看明白了大部分的字，都是责难他的！她的形影与一切都消逝了，他眼前只是那张死板板的字，与一些冷酷无情的字！警报！他往外走，不知到哪里去好；手中拿着那封信。再看，再看，虽然得不到安慰，他还想从字里行间看出她与小珠都平安。没有，没有一个"平"字与"安"字，哪怕是分开来写在不同的地方呢；没有！钱不够用，没有娱乐，没有新衣服，为什么你不回来呢？你在外边享福，就忘了家中……紧急警报！他立在门外，拿着那封信。飞机到了，高射炮响了，他不动。紧紧地握着那封信，他看到的不是天上的飞机，而是彩珠的飞机式的头发。他愿将唇放在那曲折香润的发上；看了看手中的信纸；心中像刀刺了一下。极忙地往里跑，他忽然想起该赶快办的一件公事。

刚跑出几步，他倒在地上，头齐齐地从项上炸开，血溅到前边，给家信上加了些红点子。

兄妹从军

诗曰:

王家少妇不知愁,

夫婿出征雪国羞。

更有银娥奇女子,

雄心壮胆美名留。

　　话说山东济南市,本是省会之区,繁华地带。水秀山明,人烟稠密,真乃北方要镇,商业中心。说不尽十里弦歌,万家灯火,好不热闹风光。这且不言,单表东关碧云街,住有一户人家。坐西朝东,黑漆大门,门框上朱牌黑字,划着三槐堂王。院里整整齐齐的三合房,有些鱼鸟花木。屋里俱都几净窗明,显出小康之家的气派。王老夫妇俱已年过六十,慈眉善目。王老者年壮之时,本任外省营商,殷勤老实,独力成家,手中落下三五万钱财,回家养老。老伴刘氏,心地慈祥,笃信菩萨,斋僧布道,吃素烧香。老夫妇生有一儿一女,儿名金树，女唤银娥，正是：

金树银娥兄妹好，国恩家庆子孙贤！

金树比妹妹大了三岁，生得齿白唇红，方面大耳，确是福相。他性喜读书，不愿营商做贾，老夫妇爱子心切，也就不便勉强，教他在中学毕业。在学之时，他用功甚勤，也好踢球练队，真是文武双全。妹子银娥，看哥哥读书明礼，也愿去入学。金树自然乐意，就央求父母，准妹妹也去读书。银娥长得胖胖实实，很有人缘，入学读书，更是聪明；要用彩纸剪个花朵，或用色笔画个虫鸟，不亚似真的一般。金树在中学毕业之后，本想到上海或北平去考大学，怎奈双亲坚持不可，他不肯看老父老母伤心落泪，再也不提离家入学之事。心中暗想，等老人百年之后，再入大学也还不迟；且先在家勤苦自修，以免荒疏了功课。这时候，亲戚朋友见王家家道小康，金树又长得体面，就都争着来给他提亲。老夫妇正盼抱个孙儿，自是极为愿意。一来二去，便说定北关的路家二小姐，名唤秀兰的。这路秀兰在家读过诗书，杏眼蛾眉，白润的一张圆脸儿，真是一朵花似的姑娘。并且她脾性最好，对人温和有礼，向不闹脾气，耍小性。婚事已定，两家都忙着预备；成婚之日，两家都高搭彩棚，喜气盈门，锣鼓喧天，好不热闹。新妇下地，与金树立在一处，真乃珠联璧合，女貌郎才，把个王老夫人笑得泪也落下来了。过了些日，小夫妇摸着了彼此性情，倍加恩爱。金树仍旧读书不懈，秀兰操持家务之外，做些活计，灯下更陪伴着小姑银娥习字温功课。秀兰诗文甚好，帮助小姑做做文章；银娥会做手工，教给嫂嫂织打编物，一家甚是和美快活。

这且不提。单说中华民国有个仇敌，就是那东洋小日本。这日本，国小地贫，人们都诡巧精细。当初，他们事事学摹中国；现在，又处处仿效西洋。这样的猴子文明，事事处处空有皮毛，骨子里却不成气候。果然，他们仗着些聪明，工商发达起来，又练起强大海陆空军，自以为可称强为霸，目空一切。那些军人更是蛮强霸道，以为他们的军队所向无敌，可以横行全世。他们本是岛国的人民，气度自然窄小，看我中国地大物博，就起了并吞的恶意；若是能征服了中国，他们便有了棉织和各样东西；我国的东西，他们拿去制造，然后再把制好的东西卖给我们，赚去金钱。这样，他们便有钱，我们便穷困，他们是主，我们是奴，我们就永无翻身之日了。为要做到这一步，日本在五六十年来，处处与我为仇作对，而且教给人民一套假话，说什么中国人连猪狗也不如，白占着那么大那么好的地方；说什么中国人必须教日本管着，才会老老实实，要不然就终日不消停，乱七八糟。大凡有心吞灭邻国的，就必定先教国民看不起邻国的人，以邻国的人为禽兽，才能养起狂大骄傲之心，好去欺侮邻国。日本用的也是这条恶计。日本既这样的轻看中国人，当然有机会便来找咱们的毛病，无恶不作的来欺负咱们。到了最近，日本军人觉得狼心狗肺耍坏手段，还嫌不痛快，不如明火打劫，硬来抢夺，倒更快当干脆。所以六年前日本就硬占了东三省，紧跟着又拿去热河。到大中华民国二十六年七月七日，日本又在卢沟桥借演操为名，想一鼓而下，攻取华北，正是：

心毒意狠无人道，弱肉强食动野蛮！

卢沟桥变乱一起，我们全国同胞都知道日本军人狼子野心，得寸进尺，非协力同心迎杀上前不可，若再服软退让，必至国破家亡，万世为奴。这才展开了各路血战，上下一心，奔去抵抗。我同胞英勇的作战，有进无退，气震山河，真乃可歌可泣，教世上之人都伸大拇指夸赞。这些故事，说也说不完，说书的只好单表金树银娥这一段美事，别的暂且不提。

话表金树平日关心国事，每想上阵杀敌，为男儿出气。一听到北边日本鬼子造反，念完报便紧皱眉头。王老者见爱子郁郁不乐，以为是和媳妇吵了嘴，就婉言相劝。金树把河北之事说了一番，老人方才明白，嘱咐金树不必着急，战事不久就会完结。老人还当作这又是内战，三两个月就会平定，故发此言。金树微露一点心意，要去为国尽忠。老人却着了急，申斥了儿子一番。老人道："国家大事，不是我们所能管。你若前去投军，媳妇虽过门快及一年，还未怀孕，你不幸死在外边，岂不断了王氏香烟？真乃不孝！况且你娇生惯养，没受过苦处，断难受营盘的管束和辛苦。有福不享，愿去受罪，岂非自寻苦恼？真乃不智。"金树听罢，不肯辩驳，只说对父商量，原无必去之心。老人这才转怒为喜，不再生气。此事被王老太太知道，赶紧到佛堂烧香祷告，一愿天下太平；二愿儿女孝顺；三愿媳妇早生娃娃。她连连磕头，许下誓愿，若是菩萨有灵，能遂三愿，她将到泰山进香，初一十五教全家食素！金树看见老母烧香许愿，心中暗笑，又是难过，一言未发，依然闷闷不快。

这一晚，金树秀兰与妹妹银娥在一处商议。金树道："我国人民久受日本欺负，而今又无故进兵，夺我华北，我们青年岂可坐视。日本地薄人少，不堪久战，今日动兵前来，必是威吓欺诈，我若迎战，他必失败；我若惧怕求和，他将唾手而得华北。我们必须人人奋勇，个个当先，保卫江山，打退日本，方是正理。适才父亲责我不孝，我不敢多言，但为国尽忠，即难尽孝，与你二人商议个万全之策。"银娥闻言，看看嫂子，心实不忍，便答道："哥哥一片热心，无奈嫂嫂年轻，也恐难于割舍？"秀兰听了，微笑说道："妹妹哪里知道，爱国之心男女同样，你兄若去从军，我情愿在家服侍二老，决无怨言！"这话激动了银娥，立起身来言道："嫂子如此贤明，为妹的也不甘落后，嫂子在家伺候双亲，我愿与哥哥一同前去，即使我不能效那木兰从军，也当去做看护，服侍伤兵，或做些别的事情，胜似在家虚耗光阴！"金树听了妻妹之言，心中着实欢喜，暗自思想：今日中国已非昔年腐败的样子，看这俩女子倒也这般深明大义。全国之中，这样的女子必还有很多，男女一齐舍身报国，哪怕那小小的日本强盗？幸而我有投军之意，设若贪生怕死，在家安乐，岂不被女流耻笑，辜负了堂堂七尺之躯？想到这里，不由得头上出了些热汗，便说道："只是我们怎样对父母言讲？"银娥低声道："我们无法教双亲心回意转，只好偷偷逃走。好在家中有嫂嫂操持家务，料无失闪。我俩为国即难顾家，国亡家也难保，倒是偷跑的为是。"金树再三思索，心中甚是为难。父母年高，若知道了儿女同逃，必至忧思成病。再说，秀兰年轻，倘若贼兵到来，谁去保护于她？可是翻过来一想，真要是敌人来到，一家性命恐都难保，自己在家不过白吃一刀，哪如上到前线，杀一个够本，杀两个便赚一个？况且，男儿大丈夫本当为国舍命，不能专做孝子贤孙，老死在家中。这样想罢，便对秀兰说："我心已决，必去杀敌，只是苦了贤妻。我若死在战场，你回娘家，或是改嫁，全凭于你，不必为我守节受苦！"秀兰闻言，含泪答道："那都是后话，暂可不提。眼前该做的事是你应当走，我应当在家侍奉公婆。万一不幸贼兵来到，我当照应二老逃走；若逃走不及，贼兵一有歹意，我就拼上一死，以表我爱你之心！"这一番话，说得金树银娥俱都落下了泪。银娥拭泪开言，叫声哥哥："事不宜迟，你我今晚就走。等到明日，你我神色失常，恐被父母看破，反为不美。"金树点头称是。

三人稍为收拾了一下，金树只带几件小衣，银娥装备了一只小竹箱，都不拿铺盖与笨重之物，随身各带上一点钱。收拾已毕，彼此相对无言，难以割舍。金树紧握秀兰的手，泪在眼眶中乱转。随后，三人同到院中，静悄悄一无人声，二无犬吠。老人屋中已无灯光，想已安寝。银娥低声唤了声妈妈，抹泪一同轻轻走出去。秀兰看他兄妹走远，才闭好街门，回到屋中。正是：

夫妻恩爱难相舍，兄妹英明雪国仇！

按下秀兰不表，单说王家兄妹。二人随走随谈，应到哪方而去？因不知何处招兵，哪里要人，只好向火车站走去，若有兵车，金树想便上去，开到哪里去也是好的；既把生死置之度外，还需挑选地方呢？他们知道车站上已有伤兵救护处，到了那里，银娥或者就可以加入救护队去工作。谈到此处，二人高高兴兴奔车站而行。到了车站，银娥在前，金树在后，闯了进去。正赶上由北下来一列车，满载着伤兵。那些伤兵着实可敬可怜，有的手折，有的腿破，满身血渍，还都穿着单衣。可是大家都安安静静，口无怨言，真乃视死如归的硬汉子。救护处就设在候车室，屋中穿白衣的医生与护士看伤兵已到，便忙碌起来。金树兄妹一看众位战士行动艰难，便慌忙把东西交与一个脚夫看着，赶过去搀扶他们。先下来的原是些轻伤的，还能扶持而行。那些重伤的都卧在车中，不能转动，有的身受数伤，不省人事；有的疼痛难忍，破口大骂日本小鬼。见此光景，金树就去把个伤兵搀起，负在背上。虽然此兵身体高大，甚是沉重，可是金树并不觉得压得慌。他只觉得一阵心酸，不由得落下泪来。把这人放到屋中，擦了把汗，又折回车上，背负第二个。银娥看哥哥这样往返，她也想试一试，找了一个身量矮小的兵负起来。那兵本闭目似睡，忽然睁眼见一女郎背着他，他不由得放声大哭起来。这一哭，惊动了大家，连那些医生也都向银娥点头称赞。车站上救护人员本不甚多，有他兄妹这样帮忙，大家就拼命往下抬受伤的弟兄，很快的都抬下来，一一经医生裹伤上药。金树银娥都汗透衣衫，在一旁站立，看着疗治。伤兵们的血与衣都粘在一处，揭开创痕，十分疼痛，可是都咬牙不语，真是英雄气概。金树十分感动，急忙跑出去，买了几十包香烟，分与众弟兄。众弟兄吸着香烟，脸上放出笑容。有一位弟兄因赤背上阵，受伤后仍未穿衣，金树就把自己的衣服脱下，给他穿上。大家本不相识，如今俱都亲手足一般。这一批受伤弟兄都上过药，时已半夜。银娥看医生空闲下来，便凑上前去，说她愿意当看护。医生知道她勇敢可靠，怎奈她丝毫不晓救护手术，倒很为难。金树便替她说道："她颇有聪明，又愿学习，学过几日，必能动手帮忙。"医生又道："初步救护，本不甚难。不过这救护队也许被调往前线，甚是危险，她可敢去？"银娥自己开言："为救护我们的战士，虽赴汤蹈火，义不容辞！"医生们又商议了几句，便答应了她随队练习。她喜出望外，满脸笑容。金树托付了医生们几句，便向妹妹说道："你如一时不离开此地，千万不要回家，恐老母不许你再出来。我在此等候北上的兵车，看有无找到事情的机会。若今夜不能走开，即到车站附近泰和客栈安身。明日你来客栈打听，我若未到客栈去，你就知道我已走了。"说至此处，眼看与胞妹分离，而且不晓得能否再相见面，口虽不言，心中却刀割一般的难过。银娥也觉出此意，低头含泪。此时，医生们说已到换班的时候，银娥便提起竹箱，随他们往外走。金树恐怕妹妹哭了出来，不敢相送。

银娥走后，车站果真来了一列北上的兵车，不出金树所料。大军所过，鸡犬不惊。军令森严，兵士们都安坐车中，连往外探头的也没有，更不要说下车乱走了。每一车门，立着一个持枪的武士，头戴钢盔，威风凛凛。金树一见，心中暗想：这可怎么能上车去呢？假若他走近车前，左窥右望，这黑夜之间，岂不被当作奸细，那还了得！他又不知车停多久，万一马上开走，岂不失去一个机会。左思右想，进退两难，甚是焦急。事不宜迟，他大着胆儿走上前去，是福是祸，全不去管他。刚走到一个武士跟前，那武士就端起枪来，大喝道："什么人？"金树答道："我是投军的，烦劳通禀一声！"那武士又喝道："此非投军之所，想是奸细！"金树尚未及答辩，早已被背后两个巡警捉住。金树不敢挣脱，即向车上武士大呼："我是投军的，请报与长官知道！"这时节惊动了车上一位营长，姓李，双名卫国，表字汉兴。此公乃泰安人氏，虎背熊腰，智勇双全。他借着灯光，望车下观看，急忙出来，喝住巡警，金树用目细看，大声呼道："莫非是李老师吗？"李营长愣住，金树忙说："我是王金树，在中学一年级时，老师教我们兵操，难道老师就忘了？"李营长笑道："原来是金树，分别五年，你也长大成人，我实在不敢认了！"即将金树让到车上，问他为何这等模样？金树把兄妹逃出家来之事，详细说了一番；李营长赞叹不止，即问道："你欲从军，怎奈不懂打仗方法？"金树答以在学之时，受过军训，只要再练练打靶，即能上阵。李营长说："营中无有缺额，如何是好？金树说：”一到前线，必有伤亡，那时再补上缺额，定求老师带弟子前去！“李营长见金树这般坚决，又看他身体魁梧，便答应了他。金树心中十分欢喜，即随车北上；正是：

忠心赤胆人人敬，铁血侠肠个个强！

有话即长，无话即短，却说一月之后，金树即补了一名士兵，在北线沧州一带与敌人恶战。那日本暴敌的炮火日夜的雨点一般打过来，可是我军英勇，毫不惧怕，等到敌人冲锋之时，才将手榴弹抛出，而后抡起大刀，如削瓜砍菜一般，只杀得暴敌人头滚滚，血水成河。有一日，金树正在水沟中爬伏，肚中甚是饥饿，就伸手去摘沟上的红枣，哪知刚一伸手，敌人的机关枪就如同疯了一样，一阵把枣树打光，连个叶儿都没剩。金树藏起头来，动也不敢一动，只盼敌人冲杀上来，好打交手仗。一连爬了三天三夜，腿在水中，泡得白肿起来。后面虽有时送些干粮来，可是总吃不饱，饥渴劳碌，就是铁打的人儿也得叫苦。金树与众弟兄依然口无怨言，忠心地守住阵地，只盼快快有令，教他们去厮杀，杀个痛快！金树在夜间放哨之时，夜静星阔，清风阵阵，不由得想念父母妻妹，可是一想到自己的守土卫国的责任，便又抱紧了枪，一心盼望夜攻，把敌人杀个落花流水。盼来盼去，心中已恨不能把路旁一棵秋草打上几枪，也略解解气，总攻的命令才被盼下来了。金树此时，不知是喜好，还是哭好，心中痛快得要喊叫，又怪不好意思；嘴中发干，又是想喝水；两眼亮得如星，一闪一闪地要冒出火来，他想不到什么危险，也不惦念什么人，心中一股热气把他全身烧热，只想见着那横行霸道的日本兵，一枪一个，结果了他们的性命，保住我们的江山。敌人的炮响起来，空中飕飕地叫，像鬼打哨一般；后边轰炸开，咚咚地乱响，一闪闪的发着火光；安静的黑夜忽然如疯如狂，乱响乱闪，真是天翻地覆，鬼哭神号。金树安心地等着前进的战令，心要从口中跳了出来，这才是英雄好汉敢来的地方，才是大丈夫显显本事的时候！一声前进，他像猛虎一般跳了出去，眼前有些黑影乱动，想是敌兵，杀上前去！好一场恶战，怎见得，有诗为证：

　　大炮连天震地来，人如涌潮挟风雷，刀光血影三更后，枪火杀声八面开！倭贼骄狂原怕死，我军义愤不空回，敌头砍下腰中挂，得胜还营饮一杯！

　　却说金树的枪弹业已用尽，就插上刺刀，一声狂吼，杀奔前去，千军万马，如入无人之境。正杀得高兴，忽然脚下一软，踩在一人身上，低头查看，乃是同队的孙占元受伤倒在此处。他便将枪挎在背上，将孙占元抱起来，急往回走。那孙占元也是一条好汉，只知有国，不知有身，高呼道："且放下我，你先去杀敌！"金树不依，仍往前跑，想把同伴放在安全之处，再拨回头来厮杀，哪知道，正在疾走，左肘忽然一麻，心说不好，我也中伤了！他咬定牙根，仍然紧抱孙占元不放手，又走了半里之遥，血流过多，倒在地上。

　　昏昏迷迷，遍身发烧，一夜口渴如烈火加柴；金树睁开眼，已在营中。正想要些水喝，忽然进来一兵，穿着军装，可是长得很像妹妹银娥。又不敢乱叫，深怕自己是昏迷了心，把勤务兵当作了妹妹。及至临近一看，谁说不是银娥。金树忘了疼痛，叫了声银妹。银娥不敢向病人多说话，就先给哥哥洗伤上药。原来她在救护队学了些本事，因看本队没有开往前方的消息，便加入了战地服务团，来到北线，随营服务。前线炮火厉害，她毫不惊慌，连死尸也敢去抬，营中战士都十分敬爱于她。她并不知哥哥也在此处，还是那场恶战之后，去到战场救护，才见哥哥与孙占元倒卧在一处，就抬了回来，由她自己看护，全营传为美谈。

后来，因金树肘骨已碎，须到后方医院调治。他便辞别了妹妹，乘车南下。路过济南，下车回家，劝告父母把家产捐给国家，买了公债。而后留下一些度日之费，搬到南方，约定在长沙相会。父母照计而行，一家南迁。可是金树到了泰安，便有医生给他施了手术，割下左臂。养好之后，左臂虽失，右臂尚能做事，便又自告奋勇，回营效力。李营长此时已升为团长，便命金树做了秘书，并给假一月，到长沙省亲。省亲回来，李团长已把银娥调来，升为服务团团长，带领二十名女兵，操作一切。兄妹相逢，恍如隔世，枪林弹雨，出死入生，终得相会，一同为国效力。这一家，真做到了有钱的出钱，有力的出力，忠勇可泣，美名千载；正是：

死里求生保国土，仁中有勇立奇功，
中华男女真豪杰，建造和平在亚东。

原载 1938 年 5 月《文艺》复刊号

敌与友

不要说张村与李村的狗不能见面而无伤亡，就是张村与李村的猫，据说，都绝对不能同在一条房脊上走来走去。张村与李村的人们，用不着说，当然比他们的猫狗会有更多的成见与仇怨。

两村中间隔着一条小河，与一带潮湿发臭，连草也长不成样子的地。两村的儿童到河里洗澡，或到苇叶里捉小鸟，必须经过这带恶泥滩。在大雨后，这是危险的事：有时候，泥洼会像吸铁石似的把小孩子的腿吸住，一直到把全身吸了下去，才算完成了一件很美满的事似的。但是，两村儿童的更大的危险倒是隔着河，来的砖头。泥滩并不永远险恶，砖头却永远活跃而无情。况且，在砖头战以后，必然跟着一场交手战；两村的儿童在这种时候是决不能后退的；打死或受伤都是光荣的；后退，退到家中，便没有什么再得到饭吃的希望。他们的父母不养活不敢过河去拼命的儿女。

大概自有史以来，张村与李村之间就没有过和平，那条河或者可以做证。就是那条河都被两村人闹得忘了自己是什么：假若张村的人高兴管它叫作小明河，李村的人便马上呼它为大黑口，甚至于黑水湖。为表示抵抗，两村人是不惜牺牲了真理的。张村的太阳若是东边出来，那就一定可以断定李村的朝阳是在西边。

在最太平的年月，张村与李村也没法不稍微露出一点和平的气象，而少打几场架；不过这太勉强，太不自然，所以及至打起来的时候，死伤的人就特别的多。打架次数少，而一打便多死人，这两村才能在太平年月维持住斗争的精神与世仇的延续。在兵荒马乱的年代，那就用不着说，两村的人自会把小河的两岸做成时代的象征。假若张村去打土匪，李村就会兜后路，把张村的英雄打得落花流水。张村自然也会照样的回敬。毒辣无情的报复，使两村的人感到兴奋与狂悦。在最没办法与机会的时候，两村的老太婆们会烧香祷告：愿菩萨给河那边天花瘟疫或干脆叫那边地震。

死伤与官司——永远打不完的官司——叫张李两村衰落贫困。那条小河因壅塞而越来越混浊窄小，两村也随着越来越破烂或越衰败。可是两村的人，只要能敷衍着饿不死，就依然彼此找毛病。两村对赛年会，对台唱谢神戏，赛放花炮，丧事对放焰口，喜事比赛酒席……这些豪放争气，而比赛不过就以武力相见的事，都已成为过去的了。现在，两村除了打群架时还有些生气，在停战的期间连狗都懒得叫一叫。瓦屋变为土房，草棚变为一块灰土，从河岸上往左右看，只是破烂灰暗的那么两片，上面有几条细弱的炊烟。

穷困遇着他们不能老在家里做英雄，打架并不给他们带来饭食，饿急了，他们想到职业与出路，很自然的，两村的青年便去当兵；豁得出命去就有饭吃，而豁命是他们自幼习惯了的事。入了军队，积下哪怕是二十来块钱呢，他们便回到家来，好像私斗是更光荣的事，而生命唯一的使命是向河对岸的村子攻击。在军队中得到的训练只能使两村的战争更激烈残酷。

两村的村长是最激烈的，不然也就没法做村长。张村村长的二儿子——张荣——已在军队生活过了三年，还没回来过一次。这很使张村长伤心，怨他的儿子只顾吃饷，而忘了攻击李村的神圣责任。其实呢，张荣倒未必忘记这种天职，而是因为自己做了大排长，不愿前功尽弃地随便请长假。村长慢慢地也就在无可如何之中想出主意，时常对村众声明："二小子不久就会回来的。可是即使一时回不来，我们到底也还压着李村一头。张荣，我的二小子，是大排长。李村里出去那么多坏蛋，可有一个当排长的？我真愿意李村的坏蛋们都在张荣，我的二小子，手下当差，每天不打不打也得打他们每人二十军棍！二十军棍！"不久这套话便被全村的人记熟。"打他二十"渐渐成为挑战时的口号，连小孩往河那边扔砖头的时候都知道喊一声：打他二十。

李村的确没有一个做排长的。一般来说，这并无可耻。可是，为针对着张村村长的宣言而设想，全村的人便坐卧不安了，最难过的自然是村长。为这个，李村村长打发自己的小儿子李全去投军："小子，你去当兵！长志气，限你半年，就得升了排长！再往上升，一直升到营长！听明白了没有？"李全入了伍，与其说是为当兵，还不如说为去候补排长。可是半年过去了，又等了半年，排长的资格始终没有往他身上落。他没脸回家。这事早被张村听了去，于是"打他二十"的口号随时刮到河这边来，使李村的人没法不加紧备战。

真正的战争来到了，两村的人一点也不感到关切，打日本与他们有什么关系呢。说真的，要不是几个学生来讲演过两次，他们就连中日战争这回事也不晓得。由学生口中，他们知道了这个战事，和日本军人如何残暴。他们很恨日本鬼子，也不怕去为打日本鬼子而丧了命。可是，这得有个先决的问题：张村的民意以为在打日本鬼子以前，须先灭了李村；李村的民意以为须先杀尽了张村的仇敌，而后再去抗日。他们双方都问过那些学生，是否可以这么办。学生们告诉他们应当联合起来去打日本。他们不能明白这是什么意思，只能以学生不了解两村的历史而没有把砖头砍在学生们的头上。他们对打日本这个问题也就不再考虑什么。

战事越来越近了，两村还没感到什么不安。他们只盼望日本打到，而把对岸的村子打平。假若日本人能替他们消灭了世仇的邻村，他们想，虽然他们未必就去帮助日本人，可也不必拦阻日军的进行，或给日军以什么不方便，不幸而日本人来打他们自己的村子呢，那就是另一回事了。但是他们直觉得以为日本人必不能不这么办，而先遭殃的必定是邻村，除了这些希冀与思索，他们没有什么一点准备。

逃难的男女穿着村渡过河去，两村的人知道了一些战事的实况，也就深恨残暴的日本。可是，一想到邻村，他们便又痛快了一些：哼！那边的人准得遭殃，无疑的！至于邻村遭殃，他们自己又怎能平安地过去，他们故意地加以忽略。反正他们的仇人必会先完，那就无须去想别的了，这是他们的逻辑。好一些日子，他们没再开打，因为准知道日本不久就会替他们消灭仇人，何必自己去动手呢。

两村的村长都拿出最高的智慧，想怎样招待日本兵。这并非是说他们愿意做汉奸，或是怕死。他们很恨日本。不过，为使邻村受苦，他们不能不敷衍日本鬼子，告诉鬼子先去打河那边。等仇人灭净，他们再翻脸打日本人，也还不迟。这样的智慧使两位年高有德的村长都派出侦探，打听日本鬼子到了何处，和由哪条道路前进，以便把他们迎进村来，好按着他们的愿望开枪——向河岸那边开枪。

世界上确是有奇事的。侦探回来报告张村长：张荣回来了，还离村有五里多地。可是，可是，他搀着李全，走得很慢！侦探准知道村长要说什么，所以赶紧补充上：我并没发昏，我揉了几次眼睛，千真万确是他们两个！

李村长也得到同样的报告。

既然是奇事，就不是通常的办法所能解决的。两村长最初想到的是把两个认敌为友的坏蛋，一齐打死。可是这太不上算。据张村长想，错过必在李全身上，怎能把张荣的命饶在里面？在李村长的心中，事实必定恰好调一个过儿，自然不能无缘无故杀了自己的小儿子。怎么办呢？假如允许他俩在村头分手，各自回家，自然是个办法。可是两村的人该怎么想呢？哦，村长的儿子可以随便，那么以后谁还肯去作战呢？再一说，万一李全进了张村，或张荣进了李村，又当怎办？太难办了！这两个家伙是破坏了最可宝贵的传统，设若马上没有适当的处置，或者不久两村的人还可以联婚呢！两村长的智慧简直一点也没有用了！

第二次报告来到：他们俩坐在了张村外的大杨树下面。两村长的心中像刀剜着一样。那株杨树是神圣的，在树的五十步以内谁也不准打架用武。在因收庄稼而暂停战争的时候，杨树上总会悬起一面破白旗的。现在他俩在杨树下，谁也没法子惩治他俩。两村长不能到那里去认逆子，即使他俩饿死在那里。

第三次报告：李全躺在树下，似乎是昏迷不醒了；张荣还坐着，脸上身上都是血。

英雄的心是铁的，可是铁也有发热的时候。两村长撑不住了，对大家声明要去看看那俩坏蛋是怎回事，绝对不是去认儿子，他们情愿没有这样的儿子。

他们不愿走到杨树底下去，那不英雄。手里也不拿武器，村长不能失了身份。他们也不召集村人来保护他们，虽然明知只身前去是危险的。两个老头子不约而同来到杨树附近，谁也没有看谁，以免污了眼睛，对不起祖先。

可是，村人跟来不少，全带着家伙。村长不怕危险，大家可不能大意。再说，不来看看这种奇事，死了也冤枉。

张村长看二儿子满身是血，并没心软，流血是英雄们的事。他倒急于要听二小子说些什么。

张荣看见父亲，想立起来，可是挣扎了几下，依然坐下去。他是个高个子，虽然是坐着，也还一眼便看得出来。脑袋七棱八瓣的，眉眼都像随便在块石头上刻成的，在难看之中显出威严硬棒。这大汉不晓得怎好地叫了一声"爹"，而后迟疑了一会儿用同样的声音叫了声"李大叔"！

李村长没答声，可是往前走了两步，大概要去看看昏倒在地的李全。张村长的胡子嘴动了动，眼里冒出火来，他觉得这声"李大叔"极刺耳。

张荣看着父亲，毫不羞愧地说："李全救了我的命，我又救了他的命。日本鬼子就在后边呢，我可不知道他们到这里来，还是往南渡过马家桥去。我把李全拖了回来，他的性命也许……反正我愿把他交到家里来。在他昏过去以前，他嘱咐我：咱们两村子得把仇恨解开，现在我们两村子的，全省的，全国的仇人是日本。在前线，他和我成了顶好的朋友。我们还有许多朋友，从广东来的，四川来的，陕西来的……都是朋友。凡是打日本人的就是朋友。咱们两村要还闹下去，我指着这将死去的李全说，便不能再算中国的人。日本鬼子要是来到，张村李村要完全完，要存全存。爹！李大叔！你们说句话吧！咱们彼此那点仇，一句话就可以了结。为私仇而不去打日本，咱们的祖坟就都保不住了！我已受了三处伤，可是我只求大家给我洗一洗、裹一裹，就马上找军队去。设若不为拖回李全，我是决不会回来的。你们二位老人要是还不肯放下仇恨，我也就不必回营了。我在前面打日本，你们家里自己打自己，有什么用呢？我这儿还有个手枪，我会打死自己！"

二位村长低下了头去。

李全动了动。李村长跑了过去。李全睁开了眼，看明是父亲，他的嘴唇张了几张："我完了！你们，去打吧！打，日本！"

张村长也跑了过来，豆大的泪珠落在李全的脸上。而后拍了拍李村长的肩："咱们是朋友了！"

原载 1938 年 7 月《抗战文艺》第一卷第十二期

小青不玩娃娃了

小青是六岁的小姑娘，近来把什么玩意儿都收起来了。为什么呢？因为她另有了事情做，就不再玩娃娃与小车了。她看妈妈天天忙着给伤兵医院折纱布，揉棉球；问明了那是为伤兵用的，也问明了伤兵是因为打小日本才受了伤的，她就央告妈妈也许她折纱布、揉棉球。

洗干净了手，小青就按着妈妈折成的布，和揉成的球，去折去揉。她很细心，布折得很齐，球揉得很匀，拿到医院去，大家都夸小青是好孩子。

别家的小孩来找她玩耍，她不愿去。她就对大众说："我们的兵去打小日本——日本不是欺负我们吗？受了伤，有的打破了耳朵，有的身上流出好多血，多么疼呢？我们必得去救他们，因为他们是爱国的好兵啊！你们看，这些纱布，必得折好，好给伤兵裹伤；那些棉花，必须团好，好给伤兵止血。他们的伤裹好，血不流，不是就不疼了吗？妈妈说：'伤兵好了以后，还再去打小日本。'你们看，他们多么有志气，我们还能贪玩，不帮帮忙吗？"

大家听了，就争着说："让我们也来做！"

小青说："你们要做，赶快回家，跟妈妈要钱去买纱布和棉花。伤兵很多，这点儿哪够用？总得各家的妈妈都出钱买布买棉花，各家的小孩都好好的折布团棉花，才能够用咧！"

大家说："对呀！快走！跟妈妈要钱去！"

小青还不放心，又嘱咐了他们一句："做的时候千万把手洗干净呀！"

这样，小青和别家的小孩就都不再玩娃娃，而做出了很多很有用的事。说真的，玩娃娃也是玩，做事也是玩，为何不玩这种有益处的事儿呢？

小朋友们，你们都该学学小青，做点有用处的事。小时候这样，长大起来必是个爱国的国民呀。

原载 1938 年 10 月《抗战画报》第二十期

编后记

老舍，新中国第一位获得"人民艺术家"称号的作家，也是中国现代文学史上公认的文学巨匠，他的作品饱含浓厚的爱国主义思想，备受人民群众的喜爱。

《无名高地有了名》是老舍先生极具时代特色的文学经典。一九五三年十月，他随同第三届赴朝慰问团到了朝鲜，在志愿军部队用五个月时间体验生活。之后，创作出了这部战争题材的文学作品，真实再现了抗美援朝战争中"老秃山战役"的战斗过程。在这场战斗中，中国人民志愿军在极其艰苦的条件下浴血奋战，展现了中国军人勇往直前的英雄气概，彰显了中华民族不畏强敌、保卫和平的坚定决心。本书同时还收录了老舍先生早期的几部以抗日战争为背景的作品，集中展现了其作品中强烈的爱国主义情怀。

老舍先生的作品具有鲜明的时代特色和个人特点，此次出版根据作品的早期版本进行编校，文字尽量保留原貌，编者基本不做更动。让读者更全面地了解老舍先生的文学创作思想和发展脉络。